沖縄　ことば咲い渡り
みどり

外間守善
仲程昌徳
波照間永吉

ボーダーインク

まえがき

仲程 昌徳

表題の「ことば咲い渡り」は、「おもろさうし」に出てくる「明けもどろの花の咲い渡り」（十三・八五二）、「清らの花の　咲い渡る」（十三・八三四）等に見られる用語を借用したものである。

外間守善はその出典の一つになった「十三・八五二」のオモロについて「有名な〝あけもどろ〟のオモロである」といい、「日の出の壮観を讃えたもっとも美しいオモロである」と述べていた。「ことば咲い渡り」は、そのような「有名」で「美しいオモロ」に見られる「明けもどろの花」や「清らの花」を、「ことば」にかえ、オモロが放っているようなことばの輝きを伝えたいという思いでつけられたものであった。

「ことば・咲い渡り」は、沖縄タイムスに連載されたものである。タイムスがウタの欄を思いついたのは、たぶん大岡信の「折々のうた」によるのだろうが、こちらは、三人でということで、まず、扱うウタの領域の確認からはじまった。そして、一はオモロと琉歌、一は宮古、八重山の歌謡、一は近代の短歌、俳句を担当するということになったのである。

沖縄・宮古・八重山に伝えられてきたウタもそうだが、明治以後に詠まれたウタにしてもそれこそ膨大な数にのぼる。そしてそれらのウタは、それぞれに人のこころに触れてくるものがあるのだが、そのなかでも、特に大切だと思われる歌を選んで紹介してほしいというのがタイムスの要望であった。しかも当初、一年間の連載ということであった。ということは、各人一〇〇点ほどのウタを選び出せばいいということになったわけであるが、それが、思わぬかたちで三年四か月も続くことになったのである。それを三巻にした。編集上の都合で、巻をまたいでウタの入れ替えをいくらか行っていて、完全に紙面掲載順というわけではない。基本的に第一巻は、一九九一年一月から十二月まで、第二巻は九二年、第三巻が九三年といったように、年ごとになるよう考えた。三人によるウタの連載が、三年四か月で終わったのは、紹介するウタがなくなったことによるのではない。琉球のウタの精華は、それではほぼ尽くされたであろうと考えた新聞社側の判断による。

「ことば・咲い渡り」の各担当者は、それこそ琉球のウタの精華を読者に届けたいという一心でがんばったわけだが、見逃してしまったウタが、ないわけではない。読者各自でそれを補い、独自のアンソロジーをぜひ作ってほしいと思っている。

目次

一、本書は一九九一年一月一月〜一九九四年四月十七日、「沖縄タイムス」一面に連載された「ことば・咲い渡り」をまとめたものである（全三巻）。

一、時節の表現や変更のあった地名などは適宜修正を加えたが、執筆当時のままにした箇所もある。

一、それぞれの項目の末尾に執筆者名を記載した。

（外）は外間守善氏、（仲）は仲程昌徳氏、（波）は波照間永吉氏。

沖縄　ことば咲い渡り　みどり

年《とうし》や立《た》ちかへて初春《はついはる》に向《ん》かて
みどりさしそへてさかるうれしや

尚灝王《しょうこうおう》

『琉歌全集』所収。年は立ち返って新春に向い、松も新芽を芽吹いて若々しいさまが嬉しい。新年、初春に松の新芽の「みどりさしそへ」るさまを歌って、めでたいと寿ぐ琉歌は多い。「千歳経る松もめぐて春くれば　みどりさし添へて若くなゆさ」等である。「みどり」にゆかりする語は沖縄では松、大和では竹。

十九世紀初頭の尚灝王時代は、国政、外交共に多難な時代であったが、だからこそ新春の松の芽吹きに期待と願望を託したのであろうか。

（外）

いら　さねさ　今日《きゆうぬぴぃ》の日
どけ　さねさ　金日《くがにぴぃ》
我《ばん》　孵《しぃ》でる　今日だら
羽《ぱに》　萌《む》いる　たきだら

八重山・赤馬節

『南島歌謡大成　八重山篇』所収。「いら」は感動詞で、ああ。ああ。「さねさ」は、うれしい。ああ、嬉しい今日の日。譬えるものもない黄金の日。私は生まれ変わるほどの喜びの中にいる。羽が生えるほどに思われる今日だよ、がその意。赤馬節は、譬えるならば八重山のカジャディ風で、祝宴はみなこの曲から始まる。歌は、首里の国王から駿馬・名馬の誉れを受けた喜びを即興で歌ったものという。(波)

年《とうし》の若水《わかみずぃ》よ手《てぃ》にくみやり見《み》れば
君《ちみ》の万代《ゆるずぃゆ》のかげのうつて

与那原親方良矩

『琉歌全集』所収。新年の若水を手に汲んでみれば、国王の万代までも栄えていく影が映って見える。

そうあってほしいと思う願望を元旦に汲みあげた若水に託している。

「若水」は、正月に汲むめでたい水。『琉球国由来記』「王城之公事」の項に、年内十二月二十日に時之大屋子を辺戸につかわして御水取りをし、元日の朝、吉方二川の御水とともに王に献上した、とある。大和王朝では宮中で立春の日に天皇に奉った水で一年の邪気を避けるものとされた。(外)

正月《しょうがチ》ぬ　新年《みイどぅシ》ぬ　むみゃたりやどぅ
我達《ばんた》じゃーな　あぐ達《た》じゃーな　うぐなーり
家《や》ーぬ神《かむ》　所主《とぅくるぬっさ》　崇《たか》びうてぃ

宮古・正月（のアーグ）

『南島歌謡大成　宮古篇』所収。正月を祝う根本には、神に新しい年の豊饒と家人および村人全ての息災を祈ることがあった。飲み、えらぐだけではなかったのだ。正月が、新年がやってきましたからこそ、私達は、仲間達は集まって、家の神、この所の主なる神を崇め奉っているのです、がその意。下に「神の加護はこの屋敷から」と続く。厳粛な気分と正月を迎えた喜びのあふれた一句。（波）

お真人《まんちゅ》のまぎり一人《ちゅい》さだりさだり
ことし元旦《ぐわんたん》や常《ついに》にかはて

義村王子

『琉歌全集』所収。人々がみんな先を争って王城に慶賀に行くさまは、ことしの元旦がいつもと変わっているようだ。この琉歌を読みつつ、復元首里城の慶賀に押し寄せたであろうことしの元旦を想像している。

史実は、国王（尚育王か）の病気全快を祝う王城での元旦拝賀式の折の歌といわれている。「お真人」はウマンチュ、民衆、国民の意。「まぎり」はみんな。「さだり」は先になって。オモロ語の「さだけて」、現代方言のサダルに通ずる。（外）

北《にし》向《む》ちゅる　枝《ゆだ》みや／銀花《なんざばな》　咲《さ》ちゅいる
南《へー》向ちゅる　枝みや／黄金花《くがにばな》　咲ちゅイる
東《あがり》向ちゅ　枝みや／がーら玉《だま》　なゆイる

勝連町平安名・正月グェンナ

『日本民謡大観　沖縄篇』所収。一年の仕事初めがハチウクシー（初起こし）。そのハチウクシーの日に神女達が歌う、稲の豊穣予祝の歌の一節。北に伸びる枝には銀の花が咲くよ。南に伸びる枝には黄金の花が咲くよ。東に伸びる枝にはガーラ玉が実るよ、がその意。ガーラ玉は勾玉《まがだま》と同じで、聖なる霊魂のシンボル。その玉が実るということ、これ即ち、ミルク世の到来の象徴である。（波）

ときはなる松《まつぃ》の空《すら》に春風《はるかじ》の
うれしおとづれや千代《ちゆ》のひびき

尚育王

『琉歌全集』所収。空に春風が吹くと、常に変わらぬ緑の松が千代のひびきを伝えているようで、嬉しい訪れを聞く思いがする。松の梢を渡っていく松籟に、千代のひびきであってほしいという願望を託している。

尚育王は学術・芸術文化の振興に力をつくし、自らも書をたしなんだが、十九世紀の時勢が悪く財政も窮乏をきわめ、国政の経営に腐心した。それだけに、歌に託して不変の松と穏やかな春風を乞いたかったであろう心情がひしひしと伝わってくる。（外）

初春《はつぃはる》になればうれしことのせて
弾《ひ》きゆる三味線《さみしん》の音《うとぅ》のしほらしや

真栄《めぇ》城《ぐすぃく》守候《しゅこう》

『琉歌全集』所収。初春になれば嬉しい心をのせて、弾く三線の音がなんともしおらしい。沖縄では元旦に「あらたまの年に炭とこぶかざて　心から姿若くなゆさ」という歌を三線にのせて新年を寿ぐ。清々しくめでたい新年の歌である。「しほらしや」は可愛らしいの意を原義にしながら、転じて立派な、勝れたという意味にも使われる。シュラシャと読むが、口語ではシューラーシャン・スーラーサンという。シュ文語ではシュラだけで恋人をさすこともある。（外）

とく起きて汲む若水に朝月夜
なみなみとしてこぼれがちなる

古波鮫弘子

一九四七年二月十四日『うるま新報』「心音」欄に掲載された「迎春賦」六首の中の一首。若水は、立春の日、朝早く汲む水のことをさしたのが、元旦に初めて汲み上げる水をさすのに転じ、この水を飲むことでその年の邪気を除くとされる。歌は朝早く、容器から溢れる程に若水を汲みあげたというのである。新しい年への希望が、胸に満ちあふれ、滾《たぎ》っているさまが重ねられた。（仲）

くぬ盃《さかジキ》んな／黄《く》金《がに》ぬ花《ぱな》ぬどぅよ　銀《なんざ》ぬ花《ぱな》ぬ
どぅ／浮《うか》上《が》がりうらまりゃーよ
飲《ぬ》みや　しゅらまい／百《ぴゃーく》んチなか／まうわり
さまちよ

宮古島狩俣・トーガニ

『南島歌謡大成　宮古篇』所収。酒を勧める歌を勧酒歌というが、その代表的な一首。この盃には黄金の花が、白銀の花が、浮き上がっておりますから、お飲みなさって百歳が道半《みちなか》の長寿でいらっしゃい、がその意。宮古の酒宴の風景にオトーリがある。そこでよく耳にする口上、「私の心はこのグラスの底にありますから、どうぞそこにある私の気持ちをお受けとり下さい」も楽しい挨拶。（波）

芭蕉ゆらぎ初日の光はじくなり

数田雨條

一九五一年一月五日『うるま新報』に発表された「歳末・歳頭風景」六句の中の一句。元日の朝は、すべてが美しく蘇って清新の気を放っている。その中でも、芭蕉は一際めだって、元日の朝の太陽にきらきらと輝いているというのである。新年の縁起ものである松や竹に対し、芭蕉はその全てがまったく対蹠的であるといっていい。新年の風物としては珍しいと言えようが、南国の一句としての特徴を印したものとなった。（仲）

童らは「正月かだくと性入つちゃん」と
うたひつ榕樹の髯《ひげ》にぶら下る

西幸夫

昭和十三年一月二十八日『琉球新報』に掲載された「国吉採訪吟」二十首の中の一首。かだくとは、食べたので、性は、性根・根性・思慮・知恵の意。正月を迎えて一層賢くなったと子供たちは、歌い囃子ながら榕樹の気根にぶらさがって遊んでいるというのである。正月の遊びには、凧あげ、羽根つき、独楽まわし、カルタとりとあるが、遊び道具などなくても正月は、嬉しいのである。（仲）

新年《みイどぅシ》ぬ　んみゃたりゃどぅ／美《か》ぎ年《どぅシ》ぬ　んみやたりゃどぅ
新年とぅ　ぱいさまち／美《か》ぎ年《とぅシ》とぅ　ぱいさまち
御《う》太《てぃ》陽《だ》だき　我《ばん》が親《うや》／御《う》月《チキ》だき　我が親

多良間島・美ぎ正月

『南島歌謡大成　宮古篇』所収。正月を迎えた喜びを歌った一首。新年と成りましたから、新年と共に輝き、栄えなさいまして。美しい年と共にめでたく、栄えなさいまして。天の太陽と同じ様にいらっしゃいませ、お父様。月の様に輝いていらっしゃいませ、お母様、がその意。二人の親の弥栄をことほぐのに、万物を育む太陽と月を配した。これ、オモロにも通ずる多良間人の心である。（波）

住ゐなほおぼつかなけれ増配のことなど語り新年を迎ふ

西幸夫

一九五〇年一月一日発行『月刊タイムス』第十二号所収、「新年」五首の中の一首。米国政府は、大戦終結の翌年、占領地域に対してガリオア資金の支出を承認、沖縄にも大量の救済物資が送られてくるようになって、それが五〇年ごろまで続く。歌は、救済物資の配給による、敗戦後の生活のこころもとなさを歌ったもの。めでたい正月も配給量の多寡の話となるわびしいものであった。(仲)

はやはたち吾も大人となりにけり
えも云ひがたき心地おぼえぬ

丘まさえ

昭和十五年三月七日『沖縄日報』に掲載された「春の日に」四首の中の一首。一月十五日を二十歳を祝う日として国民の祝日に制定したのは戦後。琉球列島では十五祝い・成年式、十三祝い・成女式を成人式としたとされるが、二十歳はやはり特別な感慨をもってむかえられたといえよう。丘にはまた「吾がことを人は嗤へど吾らしく生きる吾なり強く生きなん」というのもあった。(仲)

今日《きゅ》が　日《ひ》ぬ　祝《よい》や
黄金日《くがにひ》ぬ　祝や　（一節省略）
大人《うふぴす》なりぬ　祝どぅ　やりぃ
高人《たかぴす》なりぬ　祝儀《しゅんぎぃ》どぅ　やりぃ

八重山黒島・元服祝ぬアユ

『南島歌謡大成　八重山篇』所収。元服の祝いは今でいえば成人式。沖縄では大体十五歳ころ行われた。近世八重山では、この年になると悪名高い人頭税も課された。だから、十五になっても日がな遊びほうけていると、ジューグブラーと叱責もされた。今日の祝いは、黄金日の祝いは、大人と成っての祝いであるよ。成人と成っての祝儀であるよ。がその意。新しい旅立ちの日の喜びを端的に歌った一句。（波）

いで石《し》だき　我《ば》が親《うや》よ
島《すま》となぎ　我が母《んま》よ
七十《ななしゅつ》や　道半《みつなか》よ
八十《しゅ》や　ぺる半《なか》よ

多良間島・正月のエーグ

『南島歌謡大成　宮古篇』所収。正月の祝い歌の中間と末尾の二節の詞句。「いで石《し》」は、地中に根を張り、地表に僅かに顔をのぞかせた石。根石。成長し、ついには天に着くと想像された。出《い》で石の様にあって下さい、お父さん。島と共に永遠にあって下さい、お母さん。七十才は未だ道の半ばです。八十才は踏み歩む道の半ばですよ、がその意。父母の長寿をことほいで、情愛の滲み出た一句。（波）

寿《くとぅぶち》や千《ち》代《ゆ》の春《はる》に糸《いとう》かけて
くり返《かい》し返《がい》し松《まつぃ》のみどり

森山昌勝

『琉歌全集』所収。寿命は、春に糸をかけてくり返しめぐり来るように、また、松の新芽がくり返し返し芽吹いて若くなるように、ありたいものだ。

『古今集』でも「常磐なる松の緑も春来れば　今ひとしほの色まさりけり」と歌い、松の常磐、松の緑をめでている。

古来、新年の最初の子の日に、山野の小松を根ごと引き抜き、若芽を摘んで長寿を祝ったという。長寿の松の命にあやかるためである。

（外）

改まる年の初めに祈りなむ
苦しみに堪へて生くる力を

比嘉静観

昭和二十六年三月十日発行『おきなわ』第十号所収。「楽園の夢」十二首の中の一首。苦しみに堪えて生きる力を与えて下さいと、新年に祈ったというのである。病床に臥している者の歌にも、貧苦に喘いでいる者の歌にもとれるが、ここではとらない。敗戦後の混乱や荒廃と関わって歌われたもので、人間性回復への道の険しさを自らに引受けようとする信念が歌われた歌とみた。(仲)

今日が日ば　本ばし
黄《く》金《がに》日《ぴ》ば　根《に》ばし
今年世ば　願ゆら
来《く》夏《なちぃ》世《ゆ》ば　手《てぃ》摩《じぃ》ゆら

八重山黒島・正月ぬアユ

『南島歌謡大成　八重山篇』所収。今日のこの良き日を基にして、黄金のように輝かしい日を根にして、今年の世の豊饒を願いましょう。来る収穫の夏の豊饒をお祈り致しましょう、がその意。八重山の豊饒祈願の歌の典型をなす一句。叙情的な詞句は一つもないのだが、今日の日が「黄金日」であり、ものみなこの良き日を基として始まる、とうたう時、めでたさは島人の心に滲み渡る。（波）

聞得《きこゑ》大君《ぎみ》ぎや　降《お》れて　祈《いの》りよわれば
島《しま》が命《いのち》　おぎやか思《も》いに　みおやせ
鳴響《とよ》む精高子《せだかこ》が

『おもろさうし』三巻所収。聞得大君が天から降りて来てお祈りをし給うたからには、島の命を尚真王様に奉れ。「島が命」は、島すなわち国を一つの生命体と考え、その命を王に捧げることによって王権の長久を祈り、かつまた達成するという呪的思想を含むことばである。おもろ語辞書『混効験集』にも、「島がいのち国がいのち」として「長久の事　神歌に見えたり」と注している。（外）

大君《ぎみ》や　見守《みまぶ》る　てだが末《すへ》按《あ》司《ぢ》襲《おそ》い
天下した　末《すへ》　勝《まさ》て　ちよわれ
精《せ》高《だか》子《こ》が　見守《みまぶ》る　末勝《すゑまさ》る　王《わう》にせ

『おもろさうし』三巻所収。大君が見守る太陽の末裔である国王様よ、天下を治め、行く末勝れてましませ。「大君」は、聞得大君をはじめ首里大君ら高級神女をいうが、ここでは霊性豊かな神女に守護されている国王様の王権の長久と国家の安泰が祈願されている。国王は太陽の子であり末裔であるという思想は、尚真王時代になってことのほか強調され、まさに末勝る国王になっていく。（外）

息熄みぬこれ今生の別れかや
ただあかときの夢にかも似て

島袋愛子

昭和二十八年四月十日発行『おきなわ』第二十七号、島袋源七追悼号所収、「哀し一月十五日」五首の中の一首。あかときは、あかつき。愛する人を失ったことが信じられないというのである。絶叫を思わす初句である。大正十年、島袋に国頭を案内された釈超空にも「島袋源七君を悲しむ」として、「たそがれの宜名真のはまの音きこゆらむかとみみをすますも」の一首がある。（仲）

のどかなる旧正月に客ありて
ナントーミソに茶をばすすむ

西幸夫

一九五四年一月十七日『沖縄日報』に連載された「西幸夫遺作集6」「旧正風景」五首の中の一首。ナントーミソは、ウムカシ（さつま芋から澱粉を取ったのこりかす）をこねて煮たもの。砂糖・胡麻などを加えて美味しくした。明治末年ごろから国頭をはじめ各地域で、新生活運動によって新正一本化が奨励され、実行に移されたが、それで旧正月がなくなったわけではなかった。（仲）

二葉《ふたば》から出ぢて幾年《いくとうし》が経《ふぃ》たら
巌《いわを》抱《だ》き松《まつぃ》のもたえさかえ

『琉歌全集』所収。二葉から芽を出して何年経ったのであろうか、大岩を抱いて繁り栄えている松の姿のみごとなことよ。

あらたまの年の繁栄を願うとき、「常磐なる松」の「もたえさかえ」が例に出される。「常磐」は常岩《とこいわ》の変化した語で、常に変わらないさま、永久に続くことをいう。「巌《いわを》」は岩の秀《ほ》の意で大岩のこと。「もたえさかえ」は繁り栄える。オモロ語にも「もたい（栄える）」が出ている。（外）

菊かほりわが血の流れ湯に躍る

安島涼人

一九五一年一月一日発行『月刊タイムス』第二十四号所収『みなみ吟社―働く者の芸術集団』句集の中の一句。「女児授かる」と題された句である。出産は産婆の出番。先ず臍そしてえなを処理、その時大笑いし、その後、川に降りて出産の際使用したものを洗い清め、部落のウブカーからウブミジを汲んできて、産児の額をウビナディーし、産湯を使わせたという。産湯の中で跳ねるわが子を、誇らしく思ったのである。（仲）

鬼餅の四五日の寒さかな

千代子

一九五四年十二月十日『沖縄日報』に掲載された「すいらんの島冬の句集（完）」の中に見られる一句。旧暦十二月八日（一月下旬）、月桃の葉に包んだ餅を作り、仏壇に供える。鬼餅（ムーチー）は、悪霊を払うと共に、子供の健康を願う行事で、奇数の数だけ縄に結び、天井から吊るした。鬼餅の頃になると、寒さが厳しくなり、鬼餅寒（ムーチービーサ）と呼ばれる日が続くが、それも四、五日だというのである。（仲）

聞《きこ》ゑ煽《あお》りやへや
ぐすく御殿《おどん》　げらへて　神座《かぐら》の　京《けお》の内《うち》にある
鳴響《とよ》む煽《あお》りやへや

『おもろさうし』四巻所収。名高い煽りやへ神女はお祈りをして、その加護を受けて造った首里城内の御殿の立派なことよ。天上の京の内にある御殿と同じように立派であろうよ。首里城内にも「京の内」とよばれる聖域があるが、天上世界、すなわちオモロの謡うオボツ・カグラにも聖なる「京の内」があると信仰されている。「げらへて」は、家屋、墓などを、造って、造営しての意。現代方言ではギレーユンという。（外）

聞《きこ》ゑ煽《あお》りやゑや
地《ぢ》天のせぢ　降《お》ろちへ
おぎやか思《も》いに　みおやせよ
十《と》百《もも》年《と》す　ちよわれ　鳴《と》響《よ》む煽《あお》りやゑや

『おもろさうし』四巻所収。名高い煽りやゑ神女はお祈りをして、天地間に満ちている霊力をこの世に降ろして、尚真王様に差しあげよ。尚真王様は霊力を受けて千年も栄えてましませ。英明な尚真王の王権をいや増しにする霊力授けの儀礼オモロ。「せぢ」は、不可視の霊力である。ニライセヂ（海の彼方の原郷の霊力）、オボツセヂ（天上世界の霊力）、百歳セヂ（百歳長寿の霊力）等々、さまざまな霊力がある。

（外）

道《みち》なん　溜《た》まる水《みじ》や
手《てィ》やんちゅい　濯《ふ》がりゅい
人《ぴちゅ》ぬ　捨《し》てィ女《ふなぐ》
何《ぬ》役《やく》　立ちゅんが

奄美・あしび歌

『南島歌謡大成　奄美篇』所収。女に対する揶揄の歌か。はたまた、男に捨てられた女の自嘲の歌か。とるにも足りない水溜まりの水でさえ、その気になれば汚れた手足を洗うのに使えるが、人の捨てた女が何の役に立つものか、がその意。普段、人の顧みることのない水溜まり。それと比較された「捨てられ女」。歌の世界のこととはいえ、ここに、ある社会の通念が表れている事は確か。（波）

びんらうの葉照りまぶしき空にして
首里の睦月の風のぬくささ

藤門

昭和十三年四月二十七日『沖縄日報』に掲載された「追憶の歌（鹿児島より）」八首の中の一首。那覇の一月の平均気温は十六度、鹿児島七度でその差九度、本土で最も温かい土地からやってきたのでも沖縄がいかに温かい所であるかを実感できる。藤門はまた、一月の首里の街路をつばめが飛んでいる光景も歌っていたが、鹿児島あたりでは三月中旬にならないと見られないのである。（仲）

玉城なにがしうしの萬歳の
軽きをどりの眼に沁みゐるも

牛島軍平

大正十五年十二月十五日発行『南鵬』第二巻第一号収載「雲の去来」十首の中「古典劇を見て」と題された一首。玉城なにがしは、盛重か盛義か。盛重は「大正のころからは琉球の団十郎とまで評されるように」なっていたし、盛義も「大正初年ごろから舞踊家として名をなし、辻遊廓を中心とした地域で舞踊を教えた」といわれる。辻とのかかわりでは盛義、「古典劇」からすれば盛重。（仲）

けふのよかる日《ふぃ》に昔《むかし》どしいきやて
嬉《うり》しさや互《たげ》に語《かた》て遊《あすぃ》ば

詠み人しらず

『琉歌全集』所収。今日の吉き日に懐しい旧友に逢って実に嬉しい。久し振りに昔話を交わして語らいたいものだ。「けふのよかる日」は新春ととりたい。暮れの忘年会もよいものだが、新春のつどいは若々しく清々しい。「どし」は、『万葉集』の「うづら鳴く古りにし里の秋萩を　思ふ人どち相見つるかも」の「どち」に通ずる。友達、仲間の意。

嬉しさや今宵まれのどし行逢て　うらうらと月に語り明かさ

とも歌われている。旧友善哉!!（外）

女童屋《みやるびやー》ぬ　とんでぃに
大和扇《やまとぅおんぎ》ば　取《とぅ》り落とし
うり　取りば　名ば付《ち》け
かぬしゃーん　見やくーで

石垣島石垣・なさまやーユンタ

『南島歌謡大成　八重山篇』所収。「女童屋《みやるびやー》」は、乙女達が集って夜なべ仕事をする家屋。沖縄のヤガマヤー、大和の娘宿に相当する。娘のいる所に男は集まる。しかし、何の理由もなく娘達の所へ行く訳にはいかない。そこで下手な策を弄する。大和下りの上等な扇をわざと落として、それを取るのを口実に、乙女達の宿をたずねよう、と。もとよりこの男、閑な士族の青年である。（波）

琉球の冬あたたかし夏のまま
青木の間に桜咲きつつ

山口由幾子

昭和十八年十二月刊『珊瑚礁』所収「冬春」中に見られる一首。山口が、夫の那覇裁判所長への赴任に伴って来沖したのは昭和十六年。オモロ・琉歌等の歌謡に心を動かされ、新オモロ学派と呼ばれる比嘉盛章に教えを受ける。来沖した山口をとまどわせたのは、洗骨等の風習とともに、南島の自然であったが、その一つが、冬でも落葉・紅葉しない樹木の間に咲き誇る桜の花であった。（仲）

六十《るくじゅ》かさべれば百二十《ひやくにじゅ》のおとし
ももといつまでも拝《をが》ですでら

詠み人しらず

『琉歌全集』所収。六十を重ねると百二十の歳になる。末長くいつまでも拝んであやかりたいものだ。よわいを重ねる長寿者を拝してあやかろうとする心情。作田節で歌われる琉歌では、下句が「おかけぼさへめしやうれ我お主がなし」と国王の長寿を祝福している。九十七歳になるとルクジューー（六十・六条）とよばれる焼いた豆腐二枚と山桃の漬物を食べ、よりさらなる長寿（百二十）を願う風習があった。二枚重ねた六十豆腐は百二十に通ずる。（外）

聞《きこ》へ差笠《さすかさ》が　もちろかちへ　遊《あす》べば
百末《ももすへ》　おぎやか思《も》いしゆ　ちよわれ
鳴響《とよ》む差笠《さすかさ》が

『おもろさうし』四巻所収。名高い差笠神女が美しくきらめかして神遊びをし給うたからには、尚真王様は末長く国を治めてましませ。

差笠は「君」階層の高級神女。王国と国王を守護する最高神女聞得大君の下に首里大君、煽りやへ、差笠らが居て、国家的な重要祭祀にたずさわっている。ここでは、差笠神女が「おぎやか思い」すなわち尚真王（一四七七〜一五二六）の安泰、国家の隆昌を祈願する神遊びをしている。（外）

だんじよかれよしや選《いら》でさし召《み》しやいる
お船《に》の綱《ついな》とれば風《かじ》やまとも

『琉歌全集』所収。まことにめでたいことは、吉日を選んで船出をなさることだ。繋いである綱をほどいて船を出すと風は順風である。昔の船旅は、大和旅であれ唐旅であれ危険が多く、船路の安全と無事の帰郷を祈る拝所参拝をけんめいにつとめたものである。だからこそ旅立ちの日には、親類、縁者が集まって航海安全を祈るお祝いをする。婦人だけの「踊合」では、歌いかつ踊って夜を明かすがその折の旅歌の最初に歌われるのがこの歌である。（外）

さたや　ならんどよ
をうぎ汁《じる》　しじりや　七色《なないろ》　変《か》わらんば
さたや　ならんどよ

奄美・黍切りイェト

『南島歌謡大成　奄美篇』所収。甘蔗刈りの労働の歌。作業歌は、労働の苦痛を直接的に歌うものと、その苦痛を忘れるに足る、楽しい話題を歌うものの二つがある。本歌は前者。砂糖にはならないぞ。砂糖炊きは、キビの汁が七色に変わらないと、砂糖にはならないぞ、がその意。砂糖車を挽く牛馬の黙々とした歩み。工場に立ち込める湯気と砂糖の香り。これもまた失われた奄美・沖縄の風景。（波）

製糖機廻せる裸馬はしぐれの雨に
しと濡れつつ暮れゆくらむか

西幸夫

昭和十三年一月二十八日『琉球新報』に掲載された「国吉採訪吟」二十首の中の一首。昭和十四年の製糖場のかずは、全島で三千五百六十九もあったとされているが、「集落ごとにいくつかサーターヤーがあり、四、五戸で一つのグループを組み、四つから五つのグループが交代で利用、黒砂糖をつくった」という。早朝から夜中まで続く作業は、それだけでも辛いが、のざらしの仕事であった。(仲)

聞《きこ》へ差笠《さすかさ》が　歓《あま》へわちへ　遊《あす》びよわ
鳴響《とよ》む差笠《さすかさ》が
京《けお》の内《うち》は　押《を》し開《あ》けて　三庫裡《さんこおり》　つき開《あ》けて
首里杜《しょりもり》　降《お》れわちへ　真玉杜《まだまもり》　降《お》れわちへ

『おもろさうし』四巻所収。名高い差笠神女が歓えて神遊びをし給いて、京の内を押し開けて、三庫裡をつき開けて、首里杜・真玉杜に降り給いて、国家の隆昌、国王の安泰をお祈りしましょう。「三庫裡」は首里城正殿内の財宝などを入れる部屋名であるが斎場御嶽にも同名の聖域があり、大庫裡、寄満と共にイビ（拝所）名になっている。庫裡の字を当てているが仏教とは関係ない。（外）

二十日正月女郎馬は無しおさならが
戦ごとする春となりけり

西幸夫

昭和十三年三月六日『琉球新報』に掲載された「立春抄」十六首の中の一首。二十日正月は、旧暦正月二十日を正月の終わりとして祈った日で、その日辻町では、遊女たちによる馬舞の行列が華やかに演じられた。戦時ゆえに祭もなく、子供らも、戦争ごっこにあけくれているというのである。日中戦争突入後の暗い世相が歌われたものである。尾類馬は那覇祭で復活したが、廃止された。（仲）

名護境《なごさかい》　親境《おやさかい》　来《き》よもの
親門《おやぢやう》　開《あ》けて　吾《わん》　入《い》れ、
掟《おきて》にしや　物言《ものい》にしや　来《き》よもの
真羽地《まはねじ》の　たれしけち　来《き》よもの
安和《あわ》　屋部《やぶ》の　せにたまり　来《き》よもの

『おもろさうし』十七巻所収。名護にみごとな酒が来ているのだから、御門を開けて私を入れよ。村の役人が来ているのだから、安和、屋部の酒が来ているのだから…。

富めることの象徴でもある酒が続々と領主の下に届けられてくる様子。稲の実り豊かなさまがうかがえる。「たれしけち」「せにたまり」は、いずれも米で造られた酒。（外）

辺戸《へど》の子《し》やれば　たところやれば
海苔《のり》や　良《よ》かる物《もの》
我《わ》が浦《うら》の習《なら》い　我《わ》が国《くに》の習《なら》い
粟神酒《あわみき》　造《つく》て　黍神酒《きみみき》　造《つく》て

『おもろさうし』十七巻所収。辺戸の子と呼ばれる方であるから、その方に献上する海苔は立派なものである。その海苔がよく採れるのが我が辺戸の習いである。さあ海苔がいっぱい採れた。粟神酒、黍神酒を造ってことほぎをしよう。

海苔は水中の岩に着生する海藻。一月頃から三月いっぱいは採れる。国頭村辺戸の海岸は与論島と共に海苔がよく採れる。方言ではアーサ。磯の香りが高く朝の味噌汁に使う。（外）

阿嘉《あか》の子《こ》が
伊是名《いぢへな》居《お》て見《み》れば　今帰仁《みやきぜん》は　御酒《さけ》ど盛《も》り居《よ》る
饒波《ねは》の子《こ》が
伊平屋《ゑひや》に居《お》て見《み》れば　今帰仁《みやきぜん》は

『おもろさうし』十七巻所収。アカノコ、ネハノコが、伊是名、伊平屋に居て、海の彼方を見はるかすと対岸の今帰仁は豊作の御酒を盛っている。なんとさかんなことよ。

アカノコ、ネハノコはアカインコ、ネハインコとも呼ばれ、オモロ歌唱者であると同時に離島を含めた各地を巡遊して、稲作、鍛冶などを伝え歩いた文化英雄でもある。

島おこしに来た伊是名、伊平屋から今帰仁を遠望しての賛美オモロ。

（外）

大根の花に息づくさびしさを
誰知るらめや歩み止まらず

牛島軍平

昭和二年八月一日発行『南鵬』第三巻第一号所収「大根畑の家」十二首の中の一首。大根の花は、白または紫がかった白色で、四弁の十字に花を開く。山本健吉は、啄木の「宗次郎におかねが泣きて口説き居り大根の花白きゆふぐれ」という歌をあげ「大根の花のさびしい感じをよく捉えている」と指摘しているが、大根の花は「ひっそりとした寂しさ」を漂わすものとしてよく歌われた。（仲）

根《に》の張《は》りや巌《いわお》身《み》は竜《たつい》のごとに
ことぶきや千歳《ちとうし》子孫《しすん》そろて

『琉歌全集』所収。松の根の張り方は巌のようで、幹の育ちぶりは竜が天に昇る勢である。その寿命は千年も長いという。私達の子孫も揃って長寿をしてほしいものだ。長寿万歳、子孫繁栄の予祝願望を託した歌。

松の育ちと繁茂は千年も続くといわれ、「音にのみ聞きわたりつる住吉の　松の千歳を今日見つるかな」などと、松と千歳はとりあわされて歌われている。沖縄でもこの歌は、長寿をことほぐ祝の席で、「かぎやで風節」にのせて歌われる。（外）

聞《きこ》へ差笠《さすかさ》が　京《けお》の内《うけ》は　押《お》し開《あ》けて
首里杜《しょりもり》　降《お》れわちへ
君《きみ》ぎや金精《こがねすへ》　天続《つぎ》に　みおやせ

『おもろさうし』四巻所収。名高い差笠神女が京の内を押し開けて、首里杜に降り給いて、神女が持っている豊かな霊力を尚清王に奉れ。「天続」は尚清王の神号。尚真王の第五子で四代目の王。『おもろさうし』の「てにつぎ」の原注に「天次王かなし也尚清王加那志之神御名」とあり、治世中の碑文にも「天つぎ王にせ」と記されている。尚真亡き後王位を継いだ尚清に世を治める霊力を授け、寿ぎをしたのであろう。（外）

灯台の径遙かなり豆の花

渓石

昭和十五年三月六日『琉球新報』に掲載された「琉球ホトトギス会」句集の中の一句。琉球ホトトギス会の詠句集には、千童、青里、素心、非唐詩、汀石、鳳山、晃山、汀泉、十郎、雅春、芭村、雅郷、曲浦、南花、漁舟、尾山、窓月といった俳号が見られる。昭和戦前期に於ける一大俳句結社であったと思える。豆の花は、豆類の花を総称していうが、普通蚕豆《かいこまめ》（ソラマメ）を代表させるという。風景画を見て詠んだような句である。（仲）

聞《きこ》ゑ精《せ》ん君《きみ》ぎや
末《すゑ》尋《と》まいて　降《お》れわちへ
按《あ》司《ぢ》襲《おそ》いに　嶋が命《のち》　みおやせ

『おもろさうし』四巻所収。名高い精ん君神女が神の子孫を尋ねて降り給いて、国王様に島の命を奉れ。

このオモロの前書きに「尚寧王かなしみ世　万暦三十五年〜精《せ》んの君の御前より給申」と記されており、按司襲いは尚寧王であることがわかる。万暦三十五年は一六〇七年に当たり、悲劇的な島津侵入の直前である。迫り来る困難を予感した神女達が島中の心を揃えて国王に捧げる祈りをし、王を守ろうとしたオモロ。（外）

「街路樹」の歌誌の同人今はなし
ここ二十年の移りし世代

島袋愛子

昭和二十五年九月一日刊『おきなわ』第一巻第五号に発表された「街路樹―山原を憶う」十首の中の一首。大正九年ごろ、名護で北村白楊、宮木美重三、島袋九峰らが同人雑誌『街路樹』を刊行していたといわれているが、昭和の初期まで続いていたのであろうか。時代が、平和であったのなら、みな元気で今も集まって、歌誌を出していたであろうにという無念の情が込められている。(仲)

聞《きこ》ゑ君《きみ》加《が》那《な》志《し》
丈《たけ》清《きよ》らやは酔《ゑ》やちへ　神《かみ》々《がみ》歓《あま》へる　清らや
鳴《と》響《よ》む君《きみ》加《が》那《な》志《し》
のろのろは　白《しら》腿《もも》　成《な》り居《よ》り
神《かみ》々《がみ》は　白《しら》腿《もも》　成《な》り居《よ》り

『おもろさうし』六巻所収。背が高く美しい神女を酔わせて、神女達が踊り歓えていることの美しいことよ。ノロ達は白腿になっているよ。白腿をあらわにしているさまだけに視線を向けるとエロチックだが、このオモロは豊穣予祝のための踊りに神女達が狂喜乱舞しているさま、すなわち類感呪術の広がりとしてとらえられる。天の岩戸の前で踊ったアメノウズメをほうふつさせる。（外）

聞《きこ》ゑ君加那志《きみがなし》
根《ね》石《いし》　真《ま》石《いし》の　有《あ》らぎやめ　ちよわれ
鳴《と》響《よ》む君加那志《きみがなし》
聞《きこ》へ按司《あんじ》襲《おそ》いや　鳴《と》響《よ》む按司《あぢ》襲《おそ》いや

『おもろさうし』六巻所収。君加那志神女がお祈りをし給うたからには、国王様は、根をしっかり据えている大石が磐石であるように、とこしなえに栄えてましませ。

「さざれ石の巌となりて苔のむすまで」（和漢朗詠集）とよんで君が代を磐石なれと寿ぎ、謳歌しようとした和歌の思想と通ずる。

「有らぎやめ」の「ぎやめ」は、「きわめ」の転訛で「〜限り」の意味。「まで」が使われる前の古形。（外）

聞《きこ》へ按司襲《あんじおそ》いや　鳴響《とよ》む按司襲《あぢおそ》いや
筑紫《つくし》ちゃら　佩《は》きよわちへ
治金丸《てがねまる》　差《さ》しよわちへ
玉足駄《たまあしぢゃ》　踏《ふ》みよわちへ

『おもろさうし』六巻所収。前段（略）に君加那志神女の登場があり、国王をげにこそ太陽のように勝れたお方であると賛美してから、玉足駄を履いて、治金丸を差している王の偉容を高らかに謡いあげている。てかねまる（治金丸）は九州からの伝来らしく、「筑紫ちゃら」ともよばれている。宮古の英雄仲宗根豊見親が尚真王に献じたもので、応永頃の信国の作かといわれている。千代金丸、北谷菜切と共に尚家に現存。（外）

尖《とが》り立つテント部落や春の雨

数田雨條

一九五〇年四月一日発行『うるま春秋』第二巻第三号所収「春雨」六句の中の一句。テントは、雨露、寒暑を防ぐため、また露営のために、支柱を地上に建て防水した布を張り覆うもの、天幕のこと。敗戦直後最大の市石川は「碁盤十字のカヤぶきテント町」と呼ばれたように、壊滅後の復興は、テントが立つことから始まった。それらに春の雨が降っているというのである。かろうじて雨露をしのぐ戦後生活が重ねられた。（仲）

明日の旅春夜の妻は針箱と

伊江蜂人

一九五一年四月一日刊『月刊タイムス』第二十七号所収「故里の土」四句の中の一句。「春の宵・春の夜と夜が深まっても、その一刻一刻は趣を変え、艶めいた感傷をそそりながら移ってゆく。静謐のなかにも夜半の春はその濃艶さを失わない」と、歳時記の類は、「春夜」の説明をしている。明日は旅立つという春の夜を迎えながら、妻は繕い物に余念がないというのである。貧しさ故の、悶々たる情が歌われた一句と見た。（仲）

春潮に別離の足をひたしけり

赤石南生

一九五一年四月一日刊『月刊タイムス』第二十七号所収「自嘲の瞳」四句の中の一句。春潮は、春の海水。能村登四郎は、虚子の「春潮といへば必ず門司を思ふ」の句の解で「春の潮は冬の鉛色から鮮やかな藍色に変わり旅心を湧き起こさせるものである」と書いていたが、誓子の「春潮やわが総身に船の汽笛」などまさにそういう一句であろう。別離は、新しい出発の別言だが、今、そのこころを整えているというのである。(仲)

試験用紙配りおへたる一と時は
胸痛きまで静かなるかも

宜名真秋夫

一九五一年十二月九日『琉球新報』掲載、西幸夫選「琉球歌壇」にとられた一首。大江健三郎は、教師の役を引き受けたことがないということの理由を「学生諸君への採点を遠慮することを原則とした」ことに求めていたが、試験によって評価することの苦痛を味わわない教師はいない。試験の監督も同じで、解答開始までの静寂は胸が痛く、大江ならずとも教師をおりたくなるほどである。（仲）

揚雲雀《あげひばり》滑走路ただ横たわる

数田雨條

一九四八年五月二十八日『うるま新報』「心音」欄に掲載された「揚雲雀」五句の中の一句。雲雀は、春を代表する鳥で「空高く雲表に舞い上がって、ピーチュル、ピーチュルと朗らかに囀り、しばらく囀った後、歌をやめて一直線に落下する。揚雲雀といい、落雲雀という」と歳時記にある。離着陸のみられない打ち捨てられた滑走路に、揚・落を繰り返す雲雀の様を歌った一句で、その静・動・水平・垂直の交差が絶妙。（仲）

浜千鳥泊の潟に鳴く夜半の
伊佐の思鶴が恋もかなしき

比嘉栄子

昭和二十五年七月一日発行『おきなわ』第一巻第四号所収「近詠」六首の中の一首。「三月三日の日に」の詞書きが付されている。「伊佐の思鶴」は、三大歌劇の一つ「泊阿嘉」のヒロイン。三月三日、浜降りの日に出会った思鶴、樽金の悲恋物語は、恋焦がれて死ぬ思鶴の残したつらねの美しさで全島の女性の紅涙をしぼらせた。干潟に鳴く浜千鳥の定型を用い、新鮮な感性を定着させた。（仲）

打ち囃《はや》す三月芝居の笛太鼓
をとめとなりし那覇の町かも

比嘉栄子

昭和二十五年七月一日発行『おきなわ』第一巻第四号所収「近詠」六首の中の一首。旧暦三月は、三日の三月遊び・浜下り、十五日の三月ウマチー・麦の収穫感謝祭といった女性が中心となって行われる行事が続いた。三月遊びには、村全体で祝宴をはるところもあったといわれるが、祭の賑わいは、芝居小屋をも活気づかせ、その華やかな音色が心身を解放させ、おとめにしたのである。（仲）

屑《くず》芋《いも》を拾ふ人あり春の畑

粽丹花

一九四七年五月三十日『うるま新報』に掲載された「南城俳句会」句集の中の一句。屑芋は、収穫の際選別して捨てられた芋。ここではむしろミーンム・収穫後自然にはえたさつま芋ととりたい。四七年十月米軍情報部は「世界が飢えている沖縄人も節約せよ」といった趣旨の文言を発表しているが、節約するにもしようのない状態であり、人々は、自然に生え出たさつま芋をさがし、飢えを凌ぐといった日々であった。（仲）

百度《もゝと》踏《ふ》み揚《あ》がりや
道《みち》開《あ》けて　金比屋武《かなひやぶ》　手摩《てづ》て
君《きみ》の踏《ふ》み揚《あ》がりや
聞《きこ》ゑ今帰仁《みやきぜん》に
今日《けお》の良《よ》かる日《ひ》に

『おもろさうし』六巻所収。百度踏み揚がり神女は、吉日を選んで今帰仁の金比屋武嶽に祈り、神の道を開けられた。今帰仁の金比屋武嶽に降り給うた神は沖縄の祖先神アマミクである。アマミク神が今帰仁金比屋武嶽から王城のある首里杜嶽にお入りになるまでの道を開けたことの寿ぎであろう。百度踏み揚がりは尚泰久王の娘でアマワリの妻となった人が有名だが、ほかの神女にもモモトフミアガリとよばれる名がある。（外）

百度《もゝと》踏《ふ》み揚《あ》がりや／天地《てにち》　よためかちへ
天鳴《あまな》らちへ　さしふ　助《たす》けわちへ
君《きみ》の踏《ふ》み揚《あ》がりや／今日《けお》の良《ゆ》かる日《ひ》に／今日《けお》
のきやかる日《ひ》に

『おもろさうし』六巻所収。百度踏み揚がり神女は、神に成り、吉日を選んで天地を揺り動かして出現し、国王の寿ぎをし給うことだ。さしふ神女はその伴神をつとめている。神が出現するときには、天地は揺れ動き、天はおどろおどろと鳴り渡るような心象風景がかもされていたらしい。ひれ伏している神女たちが映ってみえる。

「よためかちへ」は、震動させて。揺り動かしての意。（外）

崎田川《さきだがー》ぬ　水《みジ》だき
出《いでぃ》さざり　うがにゃーん
下《シた》からや　湧《ば》キ上《あ》がり
上《うい》からや　盛《む》りゃ添《す》い

宮古島・崎田川

『南島歌謡大成　宮古篇』所収。崎田（咲田）川は宮古下地町を流れ、与那覇湾に注ぐ川。河口には十八世紀初期の建造と伝えられる池田矼がある。咲田川の水のように、いつも涸れることなく、下からは湧き上がり、上からは盛りかぶさって、が本句の意。以下「飲んでも減らず、汲んでも尽きない湧き上がりのお願い、盛り添いのお願い」と続く。豊饒と繁栄を祈る予祝の歌である。（波）

赤々とかまどの薪はもえさかり
湯気たちのぼる鍋のから芋

崎間麗中

一九四八年二月十三日『うるま新報』「心音」欄に掲載された「偶感雑詠」五首の中の一首。かまどは、なべ・かまなどをかけて、その下で火をたいて煮たきするための設備。から芋は、さつま芋の別称。芋をたくのは大きな鍋・シンメーナービを用いた。大きな竈に燃え盛る薪、大きな鍋からたちのぼる湯気、その前に祖母がちょこんとすわっている姿が思い浮かんでくる一首である。（仲）

びらまぬ　裏座に
玉ぬ緒《ぶー》ば　切り落《う》とし
うり　取《とぅ》りば　名ば付けー
びらま屋ん　見やくーで

石垣島石垣・なさまやー

『南島歌謡大成　八重山篇』所収。「びらま」は士族青年に対する呼称。「玉ぬ緒」は佩玉を貫く糸。憧れの方の裏部屋に首飾りの玉の緒を切り落として、玉拾いにかこつけてあの方の家の様子を見に行きましょう、がその意。この句、後に続く「娘宿に大和扇を取り落とし、それをとるのを口実に娘たちを見舞いしよう」と対をなすもの。下手な口実ではあるがこれが若者というべきか。（波）

いちゃーまにぬ　生りやよ
乙女《みやらび》ぬ　うしぃでぃやよ
九年母《ふにぶ》玉　生《ま》りばし
貫《ぬ》きみはい　産《しぃ》でぃばし

八重山・黒島　竹富ねぎらいちぇーまユンタ

『南島歌謡大成　八重山篇』所収。この歌は、八重山各島の娘たちを取り上げ、その品定めをうたったもの。波照間島のイチャーマニの生まれはよ、乙女の生まれはよ、九年母玉の佩玉のような麗しい生まれをしていて、首に貫き、佩《は》いてみたい生まれをして、が本句の意。この歌の面白味はその比喩にある。様々なものに譬えられた乙女たち。当然、悪口歌として、可笑しみが命である。（波）

聞得大君《きこゑぎみ》ぎや　おれづむが　立《た》てば
斎場《さやは》下走《しもはし》り　押《お》し開《あ》けれよ　門《ぢやう》の主《しゅ》
玉簾《たますだり》　巻《ま》き上《あ》げれよ　孵《す》で者《もの》
鳴響《とよ》む精高子《せだかこ》が　若夏《わかなつ》が　立《た》てば

『おもろさうし』七巻所収。聞得大君がお祈りをします。うりずん、若夏の季節になると、斎場嶽の遺り戸を押し開けなさい。玉簾を巻き上げなさい。季節の門番をする勝れた者よ。待ち望んだ春の訪れをまずは斎場嶽に迎え、それから王国内の民草にわかち与えようとする心遣り。「孵で」は新しい生命の出現を意味する語だが、ここでは季節をつかさどる者にかぶせて生命と季節の新しい誕生を比喩している。

（外）

大君《ぎみ》は　崇《たか》べて　世誇《ほこ》りは　げらへて
天が下　縄《なわ》　掛《か》けて　ちよわれ
国《くに》守《も》りは　崇《たか》べて

『おもろさうし』七巻所収。国を守る大君が神々をうやまいお祈りをして、世誇殿を造営したからには、国王様は天下に心を掛け、国を安らかに治めてましませ。縄や糸を掛けるという表現は琉歌でもしばしば使われるが、穏やかに、安らかにすることの譬えである。「世誇殿」は、首里城正殿の東側にある御内原域内にあった建物。国王の即位礼を行ったという。世添殿、寄満などと並び立つが、未復元である。（外）

直《のー》イ世《ゆー》ぬ　雨《あみ》がなシ
十日越《とうかぐ》いや　長《なが》さ
五日越《いチかぐ》い　雨や　降《ふ》りば　みぐとぅ

池間島・直り世の雨加那志

『南島歌謡大成　宮古篇』所収。「直《のー》イ世」は五穀が豊かに実り、何の憂いもなく安楽な世をいう。八重山では「なうりぃ世／みぎりぃ世」と対語で使われる。「雨がなシ」の「がなシ」は敬愛の意を表す接尾語。「～越い」は、語形は日本語の「～越し」に対応するが、意味的には「～おき・～ごと」である。豊饒の年の雨は、十日おきでは間が長い。五日おきの雨が降れば見事なものであるよ。（波）

にらいかないから　着《つぃ》つぃ物《もん》　寄《よ》り物《もん》
御《お》助《たす》けて　おたびみしやうれ

宮城島・オタカベ

『南島歌謡大成　沖縄篇』所収。「寄り物」は海岸に打ち寄せられる物をいうが、これは海の彼方にあるニライ・カナイからの贈り物と観ぜられていた。だから、人々は祈ったのである。ニライ・カナイからこの島への着き物・寄り物を沢山下さって、お助けくださいませ、と。その品々には、鯨やスク魚があり、鯨糞や龍糞という薩摩に上せられる貴重な物もあった。六月と八月のシヌグ祭で神に捧げられた願詞という。（波）

聞得《きこゑ》大君《ぎみ》ぎや　京《けよ》の内《うち》は　押《お》し開《あ》けて
首里杜《しょりもり》　降《お》れわちへ
十百年《ともゝと》の　世添《そ》うせぢ
按司襲《あんじおそ》いに　みおやせ

『おもろさうし』七巻所収。聞得大君が京の内を押し開けて首里杜に降り給いて、千年も末長く世を支配する霊力を国王様に差しあげよ。王国最高位の神女聞得大君が太陽神に成り変わって首里杜にお降りになり、国を支配する霊力を王に付与する国家的儀礼が行われる。「けよのうち」の「けよ」の原義は「気」で、「気」の満ち満ちている聖空間の意であるが、「京の内」という漢字を当てるのが慣用化されている。（外）

上比屋《おいぴやァ》ごす島《すま》の　うわらの　そきちか
汝《うヴ》が香《かざ》ァ　あごが香《かざ》ァ　打《う》ち混《ま》じりよーい

宮古島・トーガニ

『南島歌謡大成　宮古篇』所収。「上比屋」は宮古城辺町砂川の南方で、ウイピャー山遺跡一帯の地名。「うわら」は普通、上方を意味するが、ここでは中空を吹き過ぎる風と解いた。「そきちか」はやさしく吹くと、の意か。ウイピャーの後ろの村から風がそよいでくると、愛しいあなたの、恋しいあなたの匂いが打ち混じって漂ってくるようだよ、がその意。風に乗って訪れる恋人の匂い。いかにも若者らしい初々しさのあふれた恋の歌。（波）

池間ふたぱらん　橋《ばし》の　掛《か》ゝりをさ
汝《うヴ》と我《ばん》とが　肝《きも》お　如何《いきや》しど　思ふが

宮古島・トーガニ

『南島歌謡大成　宮古篇』所収。「ふたぱら」の「ぱら」は、原で、村の意。池間村と前里村の二村《ふたむら》。池間島の二つの村には橋が架かっているのだけれど、さて、あなたの心と私の心はどのようにして通わせられるのでしょう、がその意。池間島の二つの村の間には橋が架けられるのだが、あなたの心にはどうすれば辿り着けるのやら、というのである。池間大橋は実現した。しかし、人と人の心の架け橋はなかなか永遠のものとはならない。(波)

とりん　鳴きば　我《ば》ぬん　泣《な》きくし
夜や　明きば　みなかば　みかみかし

八重山白保・トゥバラーマ

『南島歌謡大成　八重山篇』所収。「みなか」は庭。「みかみか」はじーっと目を凝らす様をいう。暁をつげる鳥が鳴くと、私も一緒に泣き泣きし。空が白んでいくと、あの方の訪れのない庭をじっとみつめている、がその意。夜明けの鳥の声を恨むのは、逢瀬の終わりを告げるから。しかし、訪れを待ちながら、夜明け迄も姿を見せぬ人にまだ思いを抱く者に、鳥の声は長い夜の終わりと共に恋の終わりをも予感させる。ただ、この一首、同音による言葉の遊びもある。（波）

雨《あみ》降《ぷ》ゆる　夜《ゆる》や　雨どぅ　眺《なが》みゆる
雨　降らんぬ　夜や　何《ぬ》　眺みゆんが

与論島・あしび歌

『南島歌謡大成　奄美篇』所収。雨の降る夜は雨を眺めてもおれるけれども、雨の降らない夜は、いったい何を眺めて居れば良いというのだろう。訪れを待つ暗い夜のなか、おそらく雨は見えまい。しかし、降る雨は心の中で見えており、その雨の姿が慰めとなる。けれども、その雨さえも降らぬ夜に徒らに待つ辛さは何によって慰められるというのか、というのである。古今集の世界にも通じる、悲しみを沈潜させた一句。（波）

春《はる》に咲《さ》く梅《うみ》や深《み》山《やま》鶯《うぐいすぃ》の
などの物《むぬ》ともてほけるしほらしや

小那覇朝亮

『琉歌全集』所収。春になって咲きだした梅を、わが物だと思ってさえずり初めた深山鶯の鳴き音のかわいらしいことよ。

ナドゥヌムヌは自分の物。ナドゥは自分自身。フキルはさえずる。

梅と鶯は「春の花盛り深山鶯の　匂しのでほける声のしほらしや」とも詠まれている。

チョッチョッと鳴いていた山の鶯がいつしらず潤んだ含み声になり、人里近くでさえずるようになるその移ろいがまたしおらしい。（外）

音高くマッチ擦りたる亢りの
手にくゆらせばやさし煙草は

比嘉栄子

昭和二十六年六月十日発行『おきなわ』第二巻第五号所収「春日」九首の中の一首。愛煙家が「タバコ」を吸うことで、イライラや不安な気持ちが抑えられたり、仕事をしなければならないときにはやる気がでたりすると言う。亢った気持ちを煙草は和らげて元気にしてくれるというのである。女性に愛煙家が多いのは、その姿がカッコいいからではなく、ストレスが多いためなのであろうか。（仲）

聞《きこ》ゑ玻《は》名《な》城《ぐすく》　煽《あお》り数《かず》　立《た》て、
神《か》楽《ぐら》の京《けお》の内《うち》る　かに　ある
鳴《と》響《よ》む玻《は》名《な》城《ぐすく》

『おもろさうし』十九巻所収。名高い玻名城に多くの冷傘《りゃんさん》が立っている。そのさまは天上にある京の内のように輝やかしく神々しい。なんと名高く栄える玻名城であることよ。

玻名城は現在の八重瀬町具志頭の古名で水利に恵まれ稲作豊かな地である。玻名城按司は沖縄玻名城テダともよばれ、人徳があり百倉を建てるなど四囲に名高い領主であったらしい。

「はなぐすく」は、玻名城、花城、端城とも書かれるが、海に突き出た所（岬）の端にあるぐすくの意。（外）

無《ん》蔵《ぞ》がしなさけや梅《うみ》の匂《にゐ》ごころ
しみじみと肝《ちむ》にのれて行《い》きゆさ

護得久朝惟

『琉歌全集』所収。あなたの深い情愛は梅の匂いのように香わしい。その情がしみじみと私の心を濡らし広がっていくことよ。

無蔵はンゾと読み、男から女の愛人を指していう。九州方言の愛らしいの意の「むぞか」に通ずる。「しなさけ」の「し」は、情を強めきわだたせる接頭語。情に「し」を添えるだけで人を恋う思慕の情は、潤いをもって深まっていくし、広がっていく。ウチナーンチュの優しい愛情を表現する絶妙な用語法である。(外)

神様と思はず胸に手を組みぬ
妻の病は尚も癒えざり

伊豆味山人

大正十五年六月十九日『沖縄タイムス』「タイムス歌壇」に発表された「暮し」の中の一首。妻が病気で寝込んだりすることほどつらいものはないが、家事は妻の仕事だと思われていた時代にあって、妻の病気は男だけでなく、むしろ妻自身を激しく苦しめるものがあった。一世を風靡《ふうび》した蘆花の『不如帰』の悲劇は身近なものであった。妻を思いやる優しい気持ちがあふれでた一首である。(仲)

きやならはもともて恋《くい》の深山路《みやまじ》に
迷《ふ》み迷《まよ》て行《い》きゆる果《は》てや知《し》らぬ

玻名城里之子

『琉歌全集』所収。どうなってもかまわないと思って入りこんだ恋の山路なんだけれども、踏み迷ってしまって果てはわからない。

恋は盲目というが、その道に迷いこんだ人の心は、つらく、切なく、心細いことであろう。

『古今集』（紀貫之）でも、

我が恋は知らぬ山路にあらなくに
　惑ふ心ぞわびしかりける

と詠んで、迷う山路に心細い思いをかこっている。「きや」は「いか（如何）」が転訛した語。（外）

わら屋根のふっくらふくれ陽炎える

波照間ながを

一九五一年三月四日『琉球日報』に掲載された「みなみ句帳」の中の一句。みなみ句帳は、会員互選となっている。宮里木瀬、矢野矢暮、数田雨條、東志摩子、田頭大三、伊江ほう人、安島凉人、内間壺影などの名前が見える。陽炎は、春ののどかな日に空中にちらちらと立ち上る気で、陽春の麗かな日を浴びている藁屋根を歌ったものだが、それはむしろ、その下に住む家族の満ち足りてある心を歌っているように見える。（仲）

乳呑児を抱えし主婦もすわりこむ
伊佐浜の四方に轟く起重機

照屋寛祐

一九五五年四月二十一日『沖縄新聞』に掲載された「九年母より」の中の一首。五三年四月、米軍は土地収用令を公布。五四年十二月、伊佐浜区民の立ち退き勧告。五五年一月婦人代表団が反対陳情して闘争突入、三月米軍は武装兵とブルドーザーを出動、区民の座りこみが始まり、支援団体も集結するが、隙をついて一挙に強制接収、多くの逮捕者と負傷者をだした。島ぐるみ闘争の前哨戦であった。(仲)

いきやしがな庭《にわ》の青柳糸《あをうやなじいとう》に
くれて行《い》く春《はる》やつなぎぼしやの

詠み人しらず

『琉歌全集』所収。どうにかして青々とした柳の糸のような枝に、くれて行く春をつなぎとめておきたい。柔らかに芽ぶいた柳に春の息吹を感ずる間もないほど、あわただしく沖縄の春は過ぎていく。にもかかわらず束の間の春を惜しむ南島の抒情。「花の色はうつりにけりないたづらに　わが身世にふるながめせしまに」（小野小町）にみる桜の花の移ろい、「行春に鳥啼魚の目は泪」（芭蕉）の行く春に託した離別の涙、行く春につないだ人々の心は深い。（外）

うるじぃんぬ　なりょだら
若夏《ばがなちぃ》ぬ立つだら
花や　白さ　咲《さ》きょうり
果実《なりぃ》や　青さ　くぬみょうり

石垣島宮良・北夫婦ぬふにぶ木ゆんた

『南島歌謡大成　八重山篇』所収。大地が潤うウリズンになりましたら、日差し明るい若夏の季節になりましたら、花は白く咲き揃い、果実は青くつきました、がその意。ウリズン・若夏の季節の到来を心待ちするのは、この季節が万物の生命が一斉に動き出すと観じていたから。それを本句は、九年母の白い小さな花と青く固い実で表現した。実際に三月の初めには九年母の花は咲きだす。（波）

つなぎとめららぬ恋《くい》の花《はな》小《く》舟《ぶに》
波《なみ》風《かじ》に馴《な》れて浮《うち》世《ゆ》渡《わた》れ

『琉歌全集』所収。恋の花小舟はつなぎとめようとしてもとめられるものではない。どうせ漕ぎ出た舟ならば、波風にしなって無事に浮世を渡ってくれ。

「花小舟」の「花」は文学的な修辞であるが、若い人たちの若々しく思いつめた恋小舟が目に浮かぶ。それだけに、下句の祈るような優しい心やりに応援したくなる。この歌は「港節」で歌われるが、港節は、波風荒い海を渡る恋の小舟が、無事に渡って行くように祈る歌だという。（外）

今日《けお》の良《よ》かる日《ひ》に　今日《けお》のきやかる日《ひ》に
首里《しょり》　降《ふ》る　雨《あめ》や　孵《す》で水《みづ》ど　降《ふ》り居《よ》る
ぐすく　降《ふ》る　雨《あめ》や　若水《わかみづ》ど　降《ふ》り居《よ》る

『おもろさうし』七巻所収。今日の吉日に、首里王城に降る雨は、孵で水、若水なのだ。なんとめでたいことよ。このオモロには前段に太陽神が登場し国王を守ろう、という先触れがある。「孵で水」「若水」は生命を再生させる水で、浄めの水でもある。元旦の若水をはじめ、神事、祭式には水で浄めをする。これをウビナディーといい、その水を「孵で水」または「撫で水」という。（外）

洗骨というは何処の習かと
やがて言うらん村の子達は

前川守人

一九五五年一月九日『沖縄新聞』に掲載された「九年母」歌集の中の一首。葬式後何年か後にお棺を墓の外に出して遺骸を洗い清め、厨子甕に入れて安置することを洗骨といった。それを行うのは女性と決まっていた。洗骨の消滅は「新しき世にふさわしき暮らしをと此処の村人作れり火葬場」の歌に歌われている通り火葬場の設置と関わるが、それは女性の開放運動とも関わっていた。（仲）

春雨《はるさみ》の降《ふ》れば恋草《こいくさ》やしげて
哀《あわ》れ摘《つぃ》で呉《くぃ》ゆる人《ふぃとぅ》もをらぬ

真喜屋実宣

『琉歌全集』所収。春雨が降ると恋心のうずく若草は茂ってくるが、誰も摘んでくれる人はいない。

萌えだしてきた若草を初々しい恋に目ざめだした乙女心にかさねている。乙女になったのに、誘ってくれる人のいない女心のいらだたしさ、じれったさを歌おうとしたものらしい。和歌の「若草にとどめもあへぬ駒よりも　なつけわびぬる人の心か」（拾遺集）でも、若草のもつ魅力と荒馬と、慕わしい人の心とが歌心になっている。（外）

百合の花生けし乙女の親切さは忘れまい

時君洞

一九五〇年四月一日発行『月刊タイムス』第十五号収載、「光洋抄」五句の中の一句。漱石は、「それから」の中で、代助を訪問する三千代に百合の花を持たせているが、江藤淳は、その百合を「性と欲望のあかし」と読んだ。百合は、そのような証と共に清純さを象徴するものでもある。敗戦後五年たったとはいえ、まだ食料難の時代、花など心にない時、その純な行為は、心をうった。（仲）

赤《あか》い袖《しょで》ぬ　めか　沖《うき》　見《に》ちゃんと
沖《うき》ぬ　渡《と》中《なか》に　船《ふね》が　見える

徳之島・疱瘡《ほうしょう》口説

『南島歌謡大成　奄美篇』所収。疱瘡は天然痘のこと。往時、天然痘は恐ろしい病で、この病気は神のもたらすものと信じられていた。だから天然痘流行の兆しが見え出すと、疱瘡神をほめそやし、歓待の語句を連ねる「疱瘡歌」がよまれることとなった。本歌もその一種で、疱瘡神の来歴と訪問を長々と歌いこむ。赤い袖の間から沖を見たら、沖の方に船が見えるよ、がその意。この船に疱瘡神が乗っているというのである。（波）

潮《うす》ぬ満《み》ちゅる如《ぐとぅ》　子孫《くゎんまが》繁盛《はんじょー》
作《つく》いむじゅくい　万作《まんさく》　出来《でぃき》らち　うたびみ
そーり

渡名喜島・オタカベ

『南島歌謡大成　沖縄篇』所収。海に囲まれた「島の人生」にとって、潮の満干は確かに重要な関心事である。人のみならず命ある物はすべて、潮の満ちるときに誕生し、潮の干る時に終わるという。それは、今も多くの人の信じる所だろう。潮がゆったりと満ちるように、子孫も溢れ、また、作物も万作に実らせて下さい、と祈る本句にもその気持ちは表れている。満潮の海の表情。それは確かに人の気持ちを和ませるもの。（波）

那覇《なふぁ》いもち　主《す》ぬ前《め》
酒《さき》どぅん　買《ほー》てぃいぇーしんな
人《ぴちゅ》ぬ島えくとぅ　看《み》ゆしゃ　無《ね》さみ

与論島・あしび歌

『南島歌謡大成　奄美篇』所収。奄美の人々にとって「那覇」は沖縄の代名詞であると同時に、色街のある都会もまた意味した。だから「那覇」に出ていく島の男達に対し、女たちはこう諭したのだ。那覇にいらっしゃったらねえ貴方。お酒など買って召し上がりますな。他人の島のことですから、面倒をみて呉れる人もないでしょうから。島の女の心中穏やかならざる所の伝わる一句。（波）

おもひとに渡《わた》る風便《かじたゆ》りあれば
浮舟《うちふに》のこがれのよでしやべが

詠み人しらず

『琉歌全集』所収。思う通りに渡ってくる風の便りがあれば、どうして思い焦がれて悩むことがありましょうか。恋人（夫）からの音信が絶えて、憂き寝の枕を涙で濡らしているであろう女人の恋。

「浮舟のこがれ」には、「浮き舟」と「憂き舟」、「漕がれ」と「焦がれ」の二つの掛詞がみられる。「浮舟」は、和語では一人孤独な状態で世を送ることにたとえられている。『源氏物語』（浮舟）にみる憂世、浮舟の想いはつらい。（外）

阿《あ》嘉《か》の子《こ》が　おもろ
鼓《つづみ》打《う》たば　百浦《ももうら》打《う》ち寄《よ》せれ
饒《ね》波《は》の子《こ》が　おもろ
鼓《つづみ》

『おもろさうし』八巻所収。阿嘉の子がオモロを謡って寿ぎをいたします。霊性豊かな鼓を打ったならば周辺のたくさんの国々が靡き寄ってほしいものだ。靡き寄ってほしいと願う予祝願望を先取りして「打ち寄せれ」と表現している。阿嘉の子は、尚真王時代のオモロ歌唱の名人。アカインコともよぶ。阿嘉は彼の生地（読谷村字楚辺の小字）で、アカノコ原という地名がある。別にねは嶽もあり、この辺の古名が「あか」「ねは」であったらしい。（外）

おもろ音《ね》揚《や》がりや
世の清水《さうす》 出《い》ぢやちへ
神《かみ》てだの 揃《そろ》て 守《まぶ》りよわちへ
宣《せ》るむ音《ね》揚《や》がりや

『おもろさうし』八巻所収。おもろねやがりは世の中を幸福にする清水を掘り当て出して、神女と国王が心を揃えてそれを守り給い栄えることだ。「さうず」は「さむみず（寒水）」の転訛で、つめたい水の意であるが、地面を掘削して水脈の水を汲み出すことのできる人はいわゆる文化英雄である。おもろねやがりは、オモロの作者・歌唱者であるだけでなく、村落生活の物知りであり予言者的役割りも果たしている。（外）

おれづみのそよ風ふかばひとりだに
越来の楊梅をもりて来よかし

伊波冬子

昭和二十六年一月十日発行『おきなわ』第二巻第一号所収「産土の神」五首の中の一首。楊梅は、やまもも、単にももともいう。多汁質で甘い酸味があり食用に供される。郷愁をさそう木の実を、誰か摘んで持ってきてほしいというのである。越来の山内、諸見里は「古くからヤマモモの産地として知られ、旧暦三月頃はヤマチ・ムルンザトのモモウイアングワでにぎわった」といわれる。（仲）

阿《あ》嘉《か》のお祝《ゑ》付《つ》きや
卯《う》の時のてだの　上《あが》て　照《て》り居《よ》る様《や》に
御《お》み顔《かう》の　見《み》欲《ぼ》しゃや
饒《ね》波《は》のお祝《ゑ》付《つ》きや

『おもろさうし』八巻所収。阿嘉・饒波のお祝付きが寿ぎをいたします。卯の時の太陽が上がって照っているように輝いてみえる、立派な方の御顔を拝みたいものだ。

阿嘉のお祝付きは、尚真王時代のオモロ歌唱の名人。阿嘉の子に同じ。アカインコともいう。「お祝付き」は嘉例のお祝を付ける人の意。新築その他の儀礼に、祝福のオモロを謡ったものらしい。アカインコは、音楽の祖として一般に尊ばれている。（外）

一夜《ぴとぅゆ》んどぅ　百年《むむてぃ》ぬ縁《いん》まいよ
付《チ》キさむぬ　ユヤナウレ
二夜《ふたゆ》んな　幾《いふ》てぃぬ縁《いん》ぬがよ
付《チ》からでぃがら　ユヤナウレ

宮古島・米ぬあら

『南島歌謡大成　宮古篇』所収。「米ぬあら」は、米に混ざる籾殻等をいう。本歌は、米の中から籾殻を選りだすように選んだ友（恋人）と始まる。一夜の出会いでこそ百年の縁も付くものであるから、世ハ直レ、こうして二夜も続けて出会う私達には、どれほどの縁が付くことでしょう、世ハ直レ、がその意。宮古の代表的な座興歌で、内容も男女の恋を漸層的にかつ力強く歌っている。（波）

物《むぬ》言らば　慎《つつし》み　口の外《ふか》　むちゃすなやう
出ちから　又《また》ん　飲《ぬ》みの　成らぬ

八重山・でんさ節

『南島歌謡大成　八重山篇』所収。ものを言うときには慎みが第一。不用意に口の外にだしてはいけないぞ。一度口の外に出してからは、再び飲み込むことは出来ないのだから、がその意。「口は災いの元」は、日頃我々もよく経験するところ。そこで「沈黙は金なり」という処世訓が身に滲みることとなる。しかし、「ものいわざれば腹ふくるる心地」がするのもまた事実。そこで「慎み」が肝要なこととなるわけである。

（波）

汝《うヴ》が　布《ぬぬ》んな　カナガマよ　ぴんぐぬどぅ
付《つ》きうんまなようぬ
布《ぬぬ》なぎんな　上《うぃ》地《チ》ぬ主　ぴんぐぬ　無《にゃ》ん　布《ぬぬ》
てぃや　無《にゃ》んよ

宮古島上地・上地の主に布納めアヤグ

『南島歌謡大成　宮古篇』所収。「ぴんぐ」は国語の「へぐろ」（竈黒）と語源を一にする語。鍋墨だけでなく、汚れ、垢もいう。ここでは後者。本句は、上納布を納めに来た婦人と検査役の役人との問答。カナガマよ、お前の布には汚れが付いているぞ。上地のお役人様、布という物で汚れの無い布というものはございませんよ、がその意。もとより、役人の言葉は女をどうにかしようとする為の難癖。（波）

悩ましき夏とはなりぬ赤々と
梯梧の花の咲き出でにけり

伊差川英子

昭和十五年六月十四日『沖縄日報』に掲載された「初夏・梯梧」九首の中の一首。玉城朝薫の組踊五番の一つに「女物狂」と呼ばれるものがある。子供を人盗人にとられて狂う母親が登場してくる異色の作品であるが、それに「四月がなれば、梯梧の花咲きゆり」という歌が使われていた。梯梧の花のあまりの赤さが、何か禍々しく不吉を予感させるものと見る、その感覚を伝える一首。(仲)

ただしばしともてかりねしやる宿《やどぅ》の
花《はな》の移《うつ》り香《が》の袖《すでぃ》に残《ぬく》て

仲吉親方

『琉歌全集』所収。ただしばらくと思って仮寝した宿であるが、その折の花の移り香が袖に残って忘れることができない。

一夜だけの契りだと思ったのに女の移り香が袖に漂って、いつまでも忘れられない。ほのぼのと薫る花だったのであろう。

『千載集』では、「難波江の葦のかりねの一夜ゆゑ　身をつくしてや恋ひわたるべき」と、一夜の共寝のせいで、身をすりへらすような苦しい恋に悩み続けている。（外）

顔こそ笑めど何かさびしさのみえにけり
旅芸人の娘等の踊

国吉真起

昭和十三年五月二十七日『琉球新報』に掲載された「サーカス団」六首の中の一首。小沢昭一は、本橋成一の写真集『サーカスの時間』（昭和五十五年刊）に「前口上」として「現在、日本のサーカスは、木下、キグレ、カキヌマ、矢野、関根、サーカス東京と、六つのサーカス団が各地で興行を続けて」いると記していたが、昭和十三年に沖縄にきたサーカス団は、どの一行だったのだろう。（仲）

たまさかの今宵《くゆい》とりやうたるとも
しばし明《あ》け雲《ぐむ》になさけあらな

『琉歌全集』所収。まれに逢う今宵だものたとえ鶏が暁を告げだしても、しばらく明け雲の情で夜明けをとめていてほしいものだ。

衣衣の別れの刻になってもなお、「明け雲のなさけ」を乞う下句が活きている。秀逸な琉歌の一つに数えてよいであろう。

この歌は、平敷屋朝敏の和歌「たまさかに会ふ夜の空よ心して　しばしな明けそとりは鳴くとも」を、宜湾朝保が琉歌に翻訳したものだと伝えられている。（外）

花染の御手拭振りつつ三重城に
沖縄の女は船送るかも

神山南星

昭和二十九年十月十日発行『おきなわ』第五巻第七号収載、「沖縄の女」十首の中の一首。三重城はミーグスクといい、那覇港の北側にあり、対岸の屋良座森城に対して、新しい城の意であるという。琉歌に「三重城にのぼて手巾持上げれば走船のならひや一目ど見ゆる」という歌があり、雑踊「花風」の歌詞としてよく知られているが、多分、その踊りを見て作った歌であろう。（仲）

阿嘉《あか》のお祝《ゑ》付《つ》きや　饒波《ねは》のお祝《ゑ》付《つ》きや
首里《しょり》しゆ　百浦《ももうら》引《ひ》くぐすく
首里《しょり》親樋川《おやひがわ》　水《みず》からど　世掛《が》ける
ぐすく親樋川《おやひがわ》

『おもろさうし』八巻所収。阿嘉・饒波のお祝付きが寿ぎをいたします。首里こそは国々を引き寄せるグスクである。首里城内の親樋川はその清水からして世を治める力を持っている。親樋川はそれほど清冽な泉であるという親樋川ぼめのオモロ。

親樋川は首里城瑞泉門の下に湧き出る泉。中国から持ち帰った石彫の吐水石龍頭をかけひにしたので龍樋と呼ばれるようになった。瑞泉とも。（外）

うんぬ　一声　命《ぬち》ぢゅうぬ　思《うむ》いむぬ
年ぬ　行くふどぅ　思いどぅ　まさる

八重山・トゥバラーマ

『南島歌謡大成　八重山篇』所収。「命《ぬち》ぢゅう」は命のある間、即ち一生のこと。「思いむぬ」は、胸を痛ませるもの。その時のあなたの一言は、私の一生の胸を痛ませるものです。年が行けば行くほど、あなたへの思いはいよいよ勝りたちます、がその意。「命ぢゅうぬ　思いむぬ」という句には、長く変わらぬ思いの深さと、取り返す術もない過去に対する痛恨の思いが籠められている。作者にとって恋は今も生きているのだ。（波）

魂招の膳の根石は白かりき
母がよぶ声その声恋し

伊波冬子

昭和二十六年一月十日発行『おきなわ』第二巻第一号収載「産土の神」五首の中の一首。位牌を中に水と果実、米・麦・粟・黍・豆が祀られユタの呪文が始まる。やがて女のすすり泣きが聞こえる。初七日の夜ユタは死んだ母を呼び出し、思いのたけを話させる。沖永良部の島を背景にして書かれた一色次郎『青幻記』は、死んだ母の呼ぶ声を聞く魂招の物語であり、母恋の物語であった。（仲）

おもろ音《ね》揚《や》がりや　樋《ひ》川《がわ》坂《ひら》　ちよわちへ
慶《け》良《ら》間《ま》よ　御まぎり　しよわちへ
宣《せ》るむ音《ね》揚《や》がりや　気《けお》端《はんた》　ちよわちへ

『おもろさうし』八巻所収。おもろねやがりは樋川坂に来給いて、遙かな慶良間の群れ島をひとみをこらして見給いて…。

首里城の丘、瑞泉門に向かう坂を樋川坂といったが、樋川坂に立つと西の方に墨絵のように浮かぶ慶良間の島々が見える。その景観を愛でるために坂に立ったのか、西の方への祈りなのか不明。樋川坂は気（霊力）の満ちている所で気端ともいう。端は断崖または坂の意。（外）

「島尻の一本松」とうたはれる義臣物語国吉之比屋の劇

国吉真起

昭和十三年四月二十二日『琉球新報』に掲載された「国吉之比屋五百年祭」十五首の中の一首。「義臣物語」は、「万歳敵討」「大城崩」とともに田里朝直の三番とされる。仇討物の一つで「国吉之比屋」とも呼ばれる。国吉之比屋は、お国再興に身命を賭けた行動をし、その目的を果たした義臣とされる。その遺徳を偲び碑を建立、四月十七日除幕式を挙行。一門の祖を讃えた歌である。（仲）

芭蕉衣の裾ひるがえし浮藻とる
目笑歯口の美しき娘ら

島袋愛子

昭和二十七年八月十日発行『おきなわ』第三巻第五号所収「わか夏の海—表紙に寄せて」八首の中の一首。雑誌の表紙を飾っている芭蕉衣を着て、ざるを手に、あおさを取っているような二人の女性を撮った写真を見て詠んだ歌。琉歌「謝敷めやらびの目笑ひ歯茎」からは詞を採り、万葉からは「采女の袖吹きかへす」といった詠風を借用、琉歌・和歌混淆で新鮮な寄物述緒歌となった。(仲)

いきやしがなあれに縁《ゐん》の橋《はし》かけて
なさけ通《かゆ》はさな恋《くい》のわたり

義村王子朝宣

『琉歌全集』所収。どうにかして彼女に縁の橋をかけて、恋の渡し場から心を通わしたいものだ。

古今集では「夕ぐれは雲のはたてに物ぞ思ふ　あまつそらなる人をこふとて」と歌っている。手の届かない女人に恋して悲しんでいる。言い寄ることもできないから雲の果てにむかって悩んでいる恋。

古今調の典型でもあろう。比べるまでもなく琉歌は恋の現実であり、直截な表現である。万葉調に近いといえよう。（外）

ねやの戸《とぅ》よあけて里《さとぅ》待《ま》ちゅる夜《ゆる》や
花《はな》の露《ついゆ》待《ま》ちゅすかにがあゆら

『琉歌全集』所収。寝屋の戸を開けて恋人を待つ夜は、花が露を待つのもこんなであろうかと思われてならない。

花のつぼみが露を受けて開くように、ひそやかに恋人の訪れを待っている女人の姿が映されている。

類歌に「高はしりあけて里待ちゅる夜や　花の露待ちゅすかにがあゆら」がある。「夕されば屋戸あけまけて吾待たむ…」など、ねやの戸を開けて恋人を待つ歌は万葉集にも多くみられる。（外）

石門のみとのって失われた寺域は
白々しい明るさそれで復興といふ

井伊文子

昭和二十九年七月十日発行『おきなわ』第五巻第五号収載「沖縄哀唱（新短歌）—アルバムを見て」七首のうちの一首。崇元寺を読んだ歌。崇元寺は、臨済宗の末寺。「尚家の廟所であると同時に歴代国王の霊位を祀る国廟でもあった」という。昭和八年石門、左右掖門、正廟合わせて国宝指定されたが、沖縄戦で、壊滅。二十七年残っていた石門を補修。復興というには、寂しいものであった。（仲）

甘き壺辛き壺目出度き壺
悲しき壺と壺屋の世界は

永田七郎

昭和十五年四月五日『沖縄日報』に掲載された「沖縄の歌」十首の中の一首。壺屋を歌った歌。壺屋は、王府が、一六八二年窯業振興に、美里間切知花村、首里宝口、那覇湧田から陶工を牧志村松尾山の南に集めたことに始まるとされる。上焼・荒焼を並行、壺・甕・茶碗・ずし甕等あらゆる種類の陶器を産出。人生のあらゆる時節と関わる品々が飾られた生活の展示場でもあった。（仲）

悪縁《あくゑん》の結《むす》で放《はな》ち放《はな》されめ
ふり捨《す》て《い》て行《い》かば一道《ちゆみち》だいもの

玉城親方朝薫

『琉歌全集』所収。縁が結ばれているのだから放そうとしても放されるものか、私をふり捨てて行くならただではおかない。あの世までもいっしょだよ。縁は縁でも、悪縁になると穏やかではない。この歌は、組踊「執心鐘入」の宿の女が美少年中城若松を追うときの歌。鬼女に成り変わった女のすさまじさもさることながら、劇性の中ではたす琉歌の迫力は効果的である。大和芸能に学びながら、土着の精神風土に立脚する朝薫の劇構成と琉歌は心にくい。(外)

寄辺《ゆるび》ないぬものや海士《あま》の捨小舟《すいていをうぶに》
つく方《かた》ど頼《たぬ》むつなぎたばうれ

吉屋つる

『琉歌全集』所収。寄る辺のない者は海士の捨小舟のようなものです。着く方を頼むしかありません。どうぞ私をつないでください。

「捨小舟」は乗り捨てた小舟だが、頼りのない身の上のたとえにも使われる。若年にして、仲島遊郭に売られたツル女は、わが身の不遇を「海士の捨小舟」にたとえて嘆いている。ツル女はさらに「育てられぬ親ののよで我身産ちゆて　花におし出ぢやちよそにもます」など、深い悲しみと恨みの情を歌に刻んだ。（外）

沖縄《うきな》　んみゃば　沖縄《うきな》の主《しゅう》
落平《うてぃんだ》ぬ水《みじ》や　浴みさまそうなよ
我達《ばんた》女童《みやらび》かざぬ　落てぃばやりやよ

宮古・宮古のアヤグ

『南島歌謡大成　宮古篇』所収。「トーガニ節」で知られる宮古を代表する歌の一節。ウティンダは奥武山の南、かつて那覇の街の飲料水を供給した泉があった地。沖縄に戻られたらね、旦那様。ウティンダの水でお体を洗わないで下さい。私の匂いが落ちてしまいますから、がその意。別離の歌だが、どこか明るさを感じさせる一首。『琉歌百控』（一七九五年）にも採られている。（波）

大渡《うぶどぅー》　出《い》でぃ船《ふに》　又《また》ん　帰《かい》り見《み》らりどぅす
大野《うふぬ》　出でぃ船　またとぅや　見らるぬ

八重山・トゥバラーマ

『南島歌謡大成　八重山篇』所収。「大野出でぃ船」は、野辺を行く柩のこと。大海原を指して出ていく船は、再び帰ってくるのだが、広野に出ていく船は、またとは目にすることは出来ない、がその意。「葬歌」の一首。村の境界を越え、死者の船は後生へ赴く。もうこの世でまみえることはない、という思い。平板かつ淡々としているが、それだけに悲しみと情愛が滲みる一句である。（波）

海幸《うみちへ》　ゑれ　陸幸《おかちへ》　ゑれ　おなり按司《あんじ》
海幸《うみちへ》　まは　陸幸《おかちへ》　まは　ゑけり按司《あんじ》
玉《たま》　ゑれい　つしや　ゑれ　おなり按司《あんじ》
撓《しな》わにな　やびきやにな　ゑけり按司《あんじ》

『おもろさうし』十四巻所収。兄妹による問答体の珍しいオモロ。村の政治権力をもつ男から祭祀権をもつ女への誘いかけで、島を、国をあげよう、海幸、陸幸をあげようと誘うのに、それもだめ、これもだめと断わる。けれども、玉をあげようといったとたんに、撓いましょうと答えている。玉は霊力をもつ宝物で、神女に必要なものだからである。（外）

糸瓜揺れ芋の葉も揺れ芭蕉揺れ
仏桑華の花も赤く揺れ揺る

歌童子

一九四七年八月二十二日『うるま新報』「心音」欄に掲載された「朝影」五首の中の一首。沖縄の俳句歳時記類を見ると糸瓜は五月、芋の花は十月、芭蕉は六月、仏桑華は七月となっているが、それらが出揃っても別に違和感がないのは季節感が乏しいせいか。台風接近で風が強くなって来たことを歌った歌かと思われるが、繰り返される「揺れ」は島全体が揺れている感じを起こさせる。（仲）

虫はねーや　うとぅるしむん　うー虫むん
唐《とー》ぬ島《しま》　むるくしぬ島に　押《う》し除《ぬ》きてぃたぼーり

渡名喜島・ムシバレーの唱え

『南島歌謡大成　沖縄篇』所収。ムシバレー（虫払い）は、農作に害をなす虫や鼠などを人間の世界から、これら害虫の本貫の地（海の彼方のニライカナイや唐や八重山という）へ追いやる儀礼。アブシバレー（畦払い）の名で各地で行われた。牛馬も含めて、村中の者が浜におり、一日を競馬や相撲に興じた。虫ハネーは恐ろしいことです。害をなす虫どもを唐の島、漢土の島に追いやって下さい、がその意。（波）

祖父らもかくぞ見まししわが子よ
汝も海の子ハーリーよく見よ

西幸夫

昭和十五年六月十五日『琉球新報』に掲載された「爬龍舟」十首の中の一首。渡地の浜でなされたハーリーを詠んだ歌。ハーリーは、旧暦五月四日に行われる競漕行事で、豊漁祈願祭として定着。戦時下にあっても、賑わいを失わなかったのであろう、「ハーリーに昔の人のせしごとく子を抱きあぐる人ごみのなかに」という歌も見られる。子供らは、父の肩に乗って祭を見たのである。（仲）

昔《むかし》始《はじ》またる　平《へ》安《ん》座《ざ》大《ふ》のろ　高《たか》のろぬ前《むぇー》ら
水《むずぃ》ぬ初《はち》　貰《むら》てぃ　吹《ふ》きぃば
元《むとう》地《ち》　帰《かえ》れぃ　元地　戻《むどぅ》れぃ

奄美大島・目《むぃ》ふき

『南島歌謡大成　奄美篇』所収。「目《むぃ》ふき」は、目にごみが入ったり、ものもらいが出来たりして何らかの術を施さねばならない時に唱える聖なる言葉。長大な呪文の末尾部で、願意がストレートに表現されている。神々の始まりの時からの神であられるヘンザ大ノロ、高ノロ様の御前から、水の初を貰ってきて吹くのだから、病の元なるモノは自分の所へ帰れ、元の地へ帰れ、がその意。（波）

みぢゅぬ魚《いづ》で　捲《ま》くだら　女童《みやるび》ぬ　打《う》つぁれ
はだら魚《いづ》で　まくだら　愛《かぬ》しゃまぬ　捲かれ

八重山・崎山ユンタ・とうし

『南島歌謡大成　八重山篇』所収。ミジュン魚だと思って網を打ったら、乙女がかかって。ハダラ魚だと思って網を投げたら、可愛い乙女が捕られて、がその意。思いの他の展開に驚き、喜ぶ情景が彷彿とする歌いぶりである。魚捕りに網を打つ事と、若者が恋の相手を手にいれる事とを重ねた発想が面白い。『古事記』歌謡の「我が待つや鴫《しぎ》は障《さや》らず、いすくはし　鯨障る」も同発想。（波）

遠くゐて聴けばねむたく普請場の地床かためのヤーマ送り謡

馬天居士

昭和十三年四月十五日『琉球新報』に掲載された「春季雑詠」二十四首の中の一首。ヤーマは、糸車を指すが転じて機械。普請場の地床をかためるのには、重い分銅を滑車でつり、数名で搗き固めるのと、二名一組で丸太を使用する方法とがあって、その作業は歌を歌いながらなされたという。新築儀礼で歌われるヤータカビ・家作りのウムイ等がゆったり聞こえてきたのであろうか。（仲）

我《ばー》　捨《す》てぃる　〇〇や　すぐに　尋《とう》みらりり
見附《みっき》らりり　うー尊《とうとう》　あー尊

竹富島のジンムヌ

『南島歌謡大成　八重山篇』所収。物を探す時に唱える呪文。「すてぃる」は無くしてしまったの意で、捨てるではない。私が無くした〇〇はすぐに捜し出されよ。見つけられよ。おお尊、ああ尊。失せもの探しほど情け無いものはない。確かここに、こうして置いて、あああったからと、ほんの一時前のことを記憶で辿る。しかし、物は出てこない。失せ物の失せ物たる所以。窮した果てに、思わず口から出る一句だろう。（波）

北《にシ》ぬ　海《いん》ぬ　ぱなんチぬ　真《ま》茅《かや》だきよ
なゆらばん　靡《なび》かばん　我《ば》や　待チきよ

宮古・ゆなんだき金兄《かにすざ》がま

『南島歌謡大成　宮古篇』所収。愛する男をひたすら待ち続ける女の気持ちを歌う、宮古の代表的なアーグの一つ。北の海の崖道の茅のように、風にあおられ、揺さぶられても、私はあなたを待っています、がその意。「北ぬ海ぬぱなんチ」は北の海に通じる崖の上の踏み分け道とみた。そこに生えた真茅が、吹きつける北風に激しく身を揺すられながらもなお立っている姿。それに、苦しいほどに人を慕う自分を重ねたのである。(波)

飲んで飲んでホラ吹いた僕の酔ざめの床に空虚な人生が風船玉のようにころがっていた

名嘉元浪村

一九四九年十一月十日発行『月刊タイムス』第一巻第十号収載「(自由律短歌)赤い布片」の中の一首。一九四七年山城正忠を会長に山里永吉、仲村渠らが琉球文芸家協会を発足、文芸活動の推進を企図したが、雑誌発行までいたらなかった。浪村は、公開質問状の形で、早く発表の場をと叫んだ。その情熱の奔騰が、深酒・ホラ・空虚感を招いたのである。(仲)

総管のみたまうけつぐ農夫われ
必ずこの島興すべきなり

南蛮寺礼

一九四七年五月二十三日『うるま新報』「心音」欄に掲載された「農民のはた」八首の中の一首。総管は、進貢船に奉安された天妃宮をまつる役目をする職名だが、ここでは野国総管のこと。北谷間切野国村の出身で、一六〇五年蕃藷を鉢植えにして中国から持ち帰った。その話が儀間真常に伝わり、重要作物として全島に植えられるようになる。野国は「産業の恩人」として祀られている。(仲)

麦粉売って購ねし藷の数よみつ
幾日炊くと予算たてにき

たみを

一九四九年三月二十一日『うるま新報』「心音」欄に掲載された「生活」二首の中の一首。四八年十一月、軍政府は甘藷・米等の価格の値上げを発表。四四年公定価格の二十数倍という大幅値上げになったと新聞は報じているが、小売価格表をみると甘藷一斤五五銭、小麦粉一キロ二円〇〇銭となっている。小麦粉一キロ売れば甘藷がやがて四斤買えた。天麩羅など贅沢品だったのである。（仲）

神輿張の行列ととのへり五つ色の
み旗み先に銅鑼の鳴りたり

安岡春次

昭和十三年五月二十五日『琉球新報』に掲載された「波上祭吟」十五首の中の一首。波上祭は、新暦五月十七日に行われた夏祭。神輿・神楽太鼓・山車・武者や稚児行列を繰り出しての渡御があり、波上宮の境内では奉納芝居・沖縄相撲・芸者踊りがあり、沿道の大通りではサル芝居・女相撲・軽業・手品等の天幕がたって、那覇近隣はもとより、中頭、国頭からも泊まりがけできて賑った。（仲）

をぶつ山《やま》　遠《とう》さや　あよれども
安《あ》次《す》富《と》のくだ　安次富のまきよう
大役《をひやこ》思《め》いが　いしゅ使《づか》へに　よゝれたる

玉城村当山・ウムイ

『南島歌謡大成　沖縄篇』所収。稲穂祭の時、当山のノロがうたったという。ヲブツ山は神の住むオボツ・カグラにある山。「よゝれたる」は寄り降りたるで、神が天上世界から降臨すること。オボツ山からわざわざやって来たのは、ほかでもない、この安次富の村の首長・ウフヤクムイの丁重なる案内があったからである、がその意。「ノロの唄」とされるが、内容は明らかに神としての唄。（波）

九年母玉《くにぶたま》　真玉《まだま》　旅《たび》ぬうえに　持《む》たす
汝妻《うらとぅじ》んや　見しんな　をぅないに　見しり

与論島・あしび歌

『南島歌謡大成　奄美篇』所収。「九年母玉」はクニブの青い果実を摘んで、糸に貫き連ねた佩玉。「今帰仁のぐすく　しもなりの九年母志慶真乙樽が　貫きやい佩きやい」の「九年母」も同じ。クニブの首玉、綺麗な玉を旅に出る貴方に持たせます。奥様には見せないで、姉妹に見せて下さい、がその意。愛しい人の匂いを玉に移すため、相手の男性に持たせることがあったが、ここは別で、旅立つ男への贈り物だろう。（波）

糸をもて芋を輪切りにはむ児らの
手ぶりあかずに眺むるわれは

幸崎清

一九四七年三月二十八日『うるま新報』「心音」欄に掲載された「疎開片録」の中の一首。はむは、食べるの意。四四年七月から四五年三月にかけて約八万人が県外へ疎開。一般疎開とともに学童疎開も重視され、その数約六千五百名を数えた。疎開先は鹿児島、宮崎、熊本、大分等に別れた。米軍の攻撃が激しさを増すとともに、深刻な食料不足が始まり、児童らは飢えに苦しめられた。（仲）

差笠《さすかさ》が　国守《くにも》りぎや／げらへ屏風《みやうぶ》　鳴響《とよ》めば
見物《みもん》／大里《ざと》の　鳴響《とよ》み杜《もり》／三郎子《さぶろく》が　真《ま》ころ
子《く》が
馬《うま》の形《かた》　走《は》り合《や》う様《や》に／牛《うし》の形《かた》　突《つ》き合《や》う様《や》に

『おもろさうし』九巻所収。差笠国守り神女が守り給う屏風は美しく立派な物で、国中に評判である。その屏風に三郎子（真ころ子）が描いた馬は走っているようで、牛は角を突きあっているように活力がある。さらに続きがあり、蜻蛉はすいすい飛びあい、蝶はひらひら舞っている、なんと美しいことよ、と賛美している。屏風は国王など貴人が使った。三郎子は尚真王時代の画人。（外）

雲子《くもこ》玉城《ぐすく》　降《お》れが　見物《みもん》
百名玉城《ひゃくなたまぐすく》
成《な》さいぎや玉城《たまぐすく》

『おもろさうし』九巻所収。沖縄本島南部、玉城村にある玉城グスクを賛美するオモロ。聖なる玉のようなグスクというグスクへの尊称が地名として熟したもので、按司の居城になった所を玉城城と呼ぶようになった。沖縄の祖神アマミクが神降りをして築いたグスクであると伝えられており、玉グスクと呼ばれるゆえんもそこにある。このオモロには神女たちの舞いの手が「左《ひだり》一手押《てお》ちへこねて右《みぎり》一手押《てお》ちへこねて中《なか》にただこねる」と記されている。（外）

忘草《わすいりぐさ》とまいて忘《わすい》らてやりしちも
思《うみ》どまさやべる里《さとう》が姿《すいがた》

『琉歌全集』所収。忘草を探してきて恋の憂さを忘れようとするのだが、恋人への思慕はますます増すばかりです。忘草は萓草《かんぞう》のこと。夏に黄赤色の百合に似た花を開く。黄色い花を甘酢で食べた夏の味覚が懐しい。平安時代の辞書『和名抄』には「萓草　一名忘憂　和須礼久佐」とあり、憂さを忘れる草の意だが、『古今集』では「道知らば摘みにもゆかむすみのえの　岸に生ふてふ恋忘れ草」と、恋の苦しさから逃れるための「恋忘草」の意でよまれている。（外）

くらし難き世なりと思ひし生活にも
馴れつつただにほほけすぎにき

西森晴二郎

一九四七年二月七日『うるま新報』「心音」欄に掲載された「終戦懐古」の題になる一首。ただには、何ということなく、むなしく。ほほけは、ほおくで知覚がにぶくなる、ぼんやりすること。無為の淋しさを歌ったもの。戦果と闇取引のおよそ無法としか言いようのない生活が、やぶれかぶれの活気を産んだ時代、誠実であるということは、無力であることを知ることに他ならなかった。(仲)

世寄《よ》せ君《きみ》の　降《お》れて　遊《あす》べば
拍子《ひやし》　打《う》ち揚《あ》げれば　君《きみ》も　なよら
思《おも》ひ君《きみ》の　降《お》れて　遊《あす》べば

『おもろさうし』九巻所収。豊かなる世をもたらす神女が神降りをして神遊びをし、鼓拍子を高々と打ち揚げると、神女も共々に踊ろう。神遊びは御嶽に神をお迎えし歓待する聖なる儀礼である。このオモロにも「押《お》し合《あ》はちへ拝《おが》で押《お》し下《お》ろちへうち上げる二手《て》押《お》ち二手《て》こねる」と舞いの手が記されている。九巻全体が「こねりおもろ」といわれており、「こねる」という動作は、舞いの手の中でもかなり重要だったらしい。（外）

またいつが添《す》ゆら知《し》らぬ手《てぃ》枕《まくら》に
うらめしや急《いす》ぐとりの初《はつぃ》声《ぐぃ》

『琉歌全集』所収。またいつ添い寝ができるかわからないと思いつつ手枕をかわし、恋の歓喜に満たされている時に、せかせるように鳴く鶏の初声は恨めしい。

類歌に「まれに振合はちゆてあかぬ手枕に　恨めしやとりの別れ知らち」があり、さらに「手枕のうちに契り物語　聞きそめて一期伽にしやべら」などなど、「手枕」を歌材にする琉歌は多い。直接的に愛情表現をする琉歌の特徴といえよう。和歌では、婉曲な間接表現が好まれる。（外）

すだすだと吹きゆる若夏の風や
いつもわが袖に宿て呉らな

詠み人しらず

『琉歌全集』所収。涼しそうに吹く若夏の風は、いつもわが袖に宿ってほしいものだ。「すだすだと」は形容詞「すださ」の副詞用法で、涼しそうにの意。現代方言では涼しいことをシダサンという。涼風をシダカジ、清らかな香り、すがすがしい匂いをシダカジャといったことばなど、若い人たちには耳遠くなったのではなかろうか。うだるような暑さに喘ぐとき、シダカジ、シダカジャは慕わしく恋しいものである。(外)

あまみや君南風《きみはい》が
島添《しまそ》へに　押《お》し上《あ》がて
降《お》れ欲《ふ》しやの　まきよう

久米島・ウムイ

『南島歌謡大成　沖縄篇』所収。「あまみや」はアマミキョ・シネリキョの活躍した始源の世界。アマミヤの君南風神が、島添えの頂に押し上がっている。神も降臨したがるわがマキョよ、がその意。君南風を中心とした祭りが行われているのだろう。島添えの地に立つ神女の姿は、村を護る神の姿でもある。神の降臨するわが村よと、村を賛えているのである。君南風は、十六世紀以前から今に続く久米島の最高神女である。（波）

船《ふに》ぬ　艫綱《トモジな》や　船頭主《しんどうしゅー》が　取《とう》い掴《かチ》みー真艫《まとモー》
する　風《かでぃ》やー　家妻《やとうジ》ノー　願《にが》ゆんてぃ

池間島・船御捧げアーグ

『南島歌謡大成　宮古篇』所収。「船御捧げ《ふなうさぎ》アーグ」は航海安全を予祝する歌謡。船の艫綱は船頭主が取り持つものよ。船の真艫から吹き押す風は、家の妻が願い上げるものよ、がその意。旅に出る夫の安全は、ひとえに風の力によるものであったから、妻は夫のために風願いをしたのである。ヲナリ神なる家妻たちが、嘉例吉を願って方々の御嶽に詣でたことは、史料も語るところである。（波）

若夏がなれば野辺の百草の
おす風になびく色のきよらさ

『琉歌全集』所収。若夏になると野辺の百草の、そよ風になびいている色が美しい。野面の百草がそよ吹く若夏の風になびいているのであろう。若夏になると、野辺の若草、木々の緑葉が萌え、そよ吹く風もすがすがしい。小学校の遠足で、柔らかな芭蕉の葉におにぎりを包んだのも若夏だった。「あざやかな緑よ　明るい緑よ～薫る薫る　若葉が薫る」と声をはりあげる小学校唱歌も、若夏を歌う懐かしい旋律である。（外）

白南風の吹きとほるなへ青田の畦
舞ひつつ降りつつ白鷺のむれ

南蛮寺礼

昭和十三年四月十四日『琉球新報』に掲載された「白鷺の歌」（朱蘭同人作品集・第二回）八首の中の一首。「梅雨前線が日本列島を北上して梅雨があけると、空が明るく晴れ渡り、白い絹雲が空に流れ、盛夏のおとずれとなる。この南風」を白南風と呼んでいると三谷いちろは書いている。青田の畦が真っ白い道に見えるほどの白鷺の群れが白南風に舞い飛び、豊穣予祝の祭りが始まった。（仲）

道義地に落ちて日々散る百日紅

嘉手苅喜昌

一九四八年十月十五日『うるま新報』「心音」欄に掲載された「さるすべり」二句の中の一句。「上や役得に、中や闇商い、わした下々や戦果あぎら」と歌われた時代、四八年一月末から三月末までの二カ月間に三百余名の青年教員が退職したといわれる異常事態が出来《しゅったい》。教職から軍作業への転出がめだったのは、あまりに教員の月給が安かったためであるが、生きるためとはいえ「道義」を見失った姿が大写しにされた。（仲）

忍《しぬ》ぶ夜《ゆ》や月《ついち》も心《くくる》あてたばうれ
よそ知《し》れて浮《うき》名《な》立《た》たぬごとに

与那原親方良矩

『琉歌全集』所収。恋人のもとへ忍んで行く夜は月も心してくださいよ、人に知られて浮名が立たないように。ウチナーグチでは、ひそやかな恋、またはあいびきをシヌビという。シヌビにまつわる情緒はさまざまで、期待と不安のときめきがあるかと思うと、しあわせな満足感、心を絞られる悲嘆もつきまとう。

　異色な恋愛物で知られる組踊「手水の縁」では、「無蔵と我が仲の忍びあらわれて　明日や無蔵責めのあゆらと思ば」と歌っている。(外)

無蔵《んぞ》とわが仲《なか》や岩波《いわなみ》の恋《くい》か
打《う》ちたたきたたき浮名《うちなた》立ちゆさ

太田里之子

『琉歌全集』所収。彼女と私の仲は岩と波の恋であろうか、打ちたたきたたきしている波の音のように二人の浮名は世間に広がったようだ。

男女関係は人の噂の種になりやすい。恋をかわしあった二人の世間への苦慮である。『古今集』の恋歌に「吉野川岩波高く行く水の　早くぞ人を思ひそめてし」と、岩にぶつかって立つ波を「岩波」と歌っているが、「岩波の恋」という表現は和歌語にはない。太田里之子による琉歌表現の苦心であろう。(外)

恋《くい》のしがらみか仲島《なかしま》の小橋《くばし》
波《なみ》のよるひるも渡《わた》りかねて

詠み人しらず

『琉歌全集』所収。仲島の小橋は恋をせきとめるためのしがらみであろうか。波が寄ったり干いたりするように夜も昼も渡りかねることだ。

「仲島」は那覇にあった遊郭。その入口にあった小橋は、遊び人たちのさまざまな思いが託された思案橋であったことだろう。

仲島の小橋人しげさあもの
　あにあらはもともて忍でいまうれ
仲島の小橋波は立たねども
　あはぬ戻る夜は我袖ぬらち

など、小橋に託された思いは深い。(外)

北雨風《にすあまかぜ》をば　蓑《むの》　取《と》りん　笠《かさ》　取《と》りん　外《ぱん》すどす
沖縄《おきなあ》からの　美御前《みおまへ》からの　状《じゃう》や
蓑《むの》　取《と》り　笠《かさ》　取《と》り　外《ばん》さあならん

宮古・中やまぼなり

『南島歌謡大成　宮古篇』所収。冷たい北からの雨風は、蓑をまとい、笠を被れば防ぐことは出来るものです。しかし、沖縄からの、国王様からの御命令は蓑を着け、笠を被ったからといって外しようはないのです。身を切るような冬の雨風。それは蓑や笠さえあればどうにかなる。しかし、どうしようもないもの、それは国王の命令である。八重山の「崎山ユンタ」にも同趣旨の文句がある。王国への怨嗟の声である。（波）

夕月の下びをはしる船の上の
紡績行きのをとめらひそか

西幸夫

昭和十三年六月二十一日『琉球新報』に掲載された「旅日記より」十六首の中の一首。西はこの歌にそえて「原料の綿花の輸入制限のためか、紡績乙女の出稼ぎも一と頃のやうにさかんではないやうである。それでも若い田舎乙女の群れを汽船の甲板に見附けだす事は難くない。ただ心なしか彼女等もひっそりとして旅の前途を危ぶむかの如き表情をしてゐる」と暗い時代の相を書いていた。（仲）

茶碗の茶よば　なからど　注《つ》ぎよ　シューレ
半《なか》らの　茶よ　注ぎぎやまい
主が事《こと》や　忘《ばす》れてあないらんよ

多良間ションガネー

『南島歌謡大成　宮古篇』所収。「なからど」は、「中ら」で、中のあたり、半分ほど。茶碗のお茶を半分ほど注いでね、ヤレ。湯飲み半分の茶を注ぐ僅かの間さえ、貴方のことを忘れることは出来ません、がその意。旅妻と旅の役人との別れ。沖縄芝居「ウヤンマー」の世界である。「湯飲み半分のお茶を注ぐ間」という表現にこの歌の命がある。哀切の思いがこもった一句。（波）

還りいく我は苦しやかえらざる
君が御母になんと伝えん

白城四郎

一九五〇年三月一日発行『月刊タイムス』収載「姫百合の塔に捧ぐ」の中の一首。「毎日のように彼女を訪ねて来る人があった。文子はその度に耐えられなくなって死のうと思った。彼女は現実から逃れるように、ただ橋を見て過した」と曽野綾子は『生贄の島』で書いていたが、生き残った人たちは、生き残ったそのことによって、身を切られるような思いをした。それも戦争であった。（仲）

道の辺の軒端の蔭の箱の上
とろりとろりと髪刈らしをり

島幸太

一九四六年十一月二十九日『うるま新報』「心音」欄に掲載された「南方にて」の中の一首。ジュエボウにての詞書きがある。ジュエボウは、ビルマ中央部サガイン省の県。マンダレイ県、チャウカー県とともに中部ビルマの灌漑農業地域を形成。ビルマの戦いは竹山道雄の作品で知られているが、まだ戦いが激しくなかった頃か、それとも収容所か。南方の時間の流れが見えるようである。（仲）

語り継ぐ人の言葉になかされり
ひめゆり、健児、魂魄の塔

舟木英一郎

昭和二十六年十一月十日発行『おきなわ』第二巻第八号収載「栄光あれ沖縄」二十首のうちの一首。ひめゆり・健児・魂魄は、女子生徒・男子生徒・一般民衆の戦没者を祀った塔で、沖縄戦が、いかに異常で凄惨《せいさん》な戦いであったかを象徴するものである。軍隊が一般民衆を守るものでないことを、沖縄の人々が心に染みて知ったといわれるのも、これらの塔の悲劇を体験したからである。（仲）

はひやが　真糸数《まいとかず》に　行《い》ぢやこと　はひ
はひやよ　とよて、前《まえ》ちへ　はひ
はひやが　島中《しまなか》に　行《い》ぢやれば
はひやよ　退《ど》けて、嫌《や》なて　はひ

『おもろさうし』九巻所収。ハイヤ（人名）が真糸数に行くと、だめだと前でさえぎられ、島中（玉城辺）に行ったら、嫌な奴だといってさげすまれた。歌形も歌意も変わったオモロである。ハイヤなる人物は十二巻の「あすびおもろ」にも登場するが、そこでは、聖なる玉や美しい着物を持ち逃げする良くない人物として謡われている。このオモロとつながりのあるオモロであろう。（外）

飽《あ》かず国《くに》かねや　飽《あ》かず国守《くにも》りや
綾《あや》手《て》まめがすな　寄《く》せ手《て》まめがすな
綾《あや》手《て》打《う》ちへならら　寄《く》せ手《て》打《う》ちへこねら
上下《かみしも》の　見《み》る目《め》　地離《ぢはな》れの　見る目

『おもろさうし』九巻所収。立派な国守り神女が舞っている。美しい舞いの手を間違えるなよ、綾手寄せ手を打って踊ろう。国中の人たち、離島の人たちの憧れのまなざしがむけられているすばらしい踊りであることよ。身振りのつく踊りが「なより」、手の舞いが「こねり」であるが、そのほかに、押したり、押し掛けたり、押し下ろしたり、うち上げたり、拝んだりする舞いの手がある。（外）

ちい煽《あふ》あいや　きみくらの　ぬきはな
黄金鳥《こがねとり》　玉の鳥《とり》　遊《あそ》はちい
煽《あふ》やわい　おれ
見《み》がど　降《お》れたる

久米島・ウムイ

『南島歌謡大成　沖縄篇　上』所収。神女キミハエが仲里城での祭礼に臨んだ時の神歌。「ちい」は聞こえの転訛した語で、名高いの意。きみくらのぬきはなに、黄金の鳥、玉のように美しい鳥を遊ばせている。アオリヤエ神は、それを見るためにこの世界に下りて来たのだ、がその意。光輝く黄金の鳥の舞い。鳳凰の舞うきらかで、奇なる光景。これはそのまま、豊饒の瑞祥でもあった。（波）

情思《なさきうむ》ゆらばわが行《い》きゆる先《さち》に
向《ん》かて枝《ゐだ》させやう小《く》湾《わん》小《く》松《まつぃ》

平敷屋朝敏

『琉歌全集』所収。情があるならば、私の行く先に向って枝を差すようにしてくれ、小湾の小松よ。

三司官具志頭親方蔡温の裁断によって処刑された平敷屋朝敏の辞世の歌。松の小枝に幽かな望みを託そうとする平敷屋の無念と悲憤が伝わる。

大化の改新の後、中大兄に抵抗した有間皇子《ありまのみこ》が処刑された時の歌にも「磐代の浜松が枝を引き結び　真幸くあらばまた還り見む」と松の枝に生と死の運命を象徴させ、生への未練と一縷の望みが託されている。(外)

宿題をおこたりたる子の多く居て
はげしき怒おさへて黙す

城ゆきこ

昭和十三年三月二十三日『沖縄日報』に掲載された「浅春抄」十三首の中の一首。国民精神総動員の掛け声が高まるなかで、生徒たちも様々な奉仕活動を強いられるようになり、学業どころではなくなっていく。そういう中で宿題を出したのであるから、やって来ない子が多くなって当然であった。怒りが沈黙に転ずるのは、それが、生徒たちに向けられたものではなかったことによる。(仲)

恩納岳「奈美」が歌いし彼の山も
姿は今に変らざらめや

島袋愛子

昭和二十五年九月一日発行『おきなわ』第一巻第五号収載「街路樹—山原を憶ふ」十首の中の一首。「奈美」は、沖縄の女流歌人恩納ナベのこと。「恩納岳あがた里が生まれ島もりもおしのけてこがたなさな」等々、ナベの迸るような情熱をこめて歌われた山・恩納岳は今も昔に変わるはずはないが、ナベのような激しい心を生きている人は、果たして今もいるであろうかというのである。（仲）

夏《なつぃ》もよそなしゆさ浮《うち》世《ゆ》名《な》に立《た》ちゆる
数久田《すぃった》とどろきの滝《たち》の麓《ふむとぅ》

松田賀烈

『琉歌全集』所収。数久田村にある轟の滝の麓は、世間で評判されるほどあって、夏もよそにするほどに涼しい。名護市数久田《すくた》の数久田川にかかる滝。滝のない首里那覇の遊客たちにとって、数久田の轟の滝は夏の涼を求める評判の地であったのだろう。「夏やおしつれて浮世名に立ちゆる　数久田轟の滝に遊ば」とも歌われている。『中山伝信録』にも「轟泉」と記され、国王なども避暑の地にしたらしい。（外）

久《く》高《だか》集《あつ》め庭《な》に　差《さ》羽《はね》よらふさよ
知《ちゑ》念《ねん》が　見《み》遣《や》り欲《ぼ》しや
肝《きむ》は　行《い》きよれどむ
心《あよ》は　行《い》きよれどむ

『おもろさうし』十九巻所収。差し羽をつけたよらふさ神女が久高の集め庭にやってきて、遙けき知念の方を見たいと思うことよ、心はもどかしく知念に行きたいと思っているけれども…。

よらふさは、首里王城から派遣された高級神女であろうか、久高、知念、首里をつなぐだいじな祭式に関わりつつ、知念杜ぐすくに心を集中させている。「集め庭」は人々の寄り集まる神祭りの広場。（外）

うぶ鳥ぬ　座《び》り居《ぶ》ん
神鳥《かんどぅり》ぬ　来《き》居《ぶ》りば
島謡《うとぅ》んでどぅ　座《び》り居《ぶ》る
村謡《うとぅ》んでどぅ　来《き》居《ぶ》る

八重山黒島・仲本アヤグ

『南島歌謡大成　八重山篇』所収。仲本村は黒島の主邑。その仲本が島の中心たることを神が告げた、というのが本歌の旨趣。「仲本村の真ん中に生えた桑の木に、大島が座っている。神の鳥が留《と》まっている。島を治めると留まっているのだ。村を統治しようと留まっているのだ。だから、仲本こそ島の元村なのだ」と謡う。桑の木と神の鳥の取り合わせは、オモロ十四―九九一番にも見えている。（波）

よべ見《ん》ちゃる夢《いみ》や道《みち》しるべしちゅて
とまいどまい行《い》きゆる無《ん》蔵《ぞ》が住《すい》み家《か》

山内盛熹

『琉歌全集』所収。昨夜見た夢を道しるべにして、探し探し尋ねて行く恋人の住み家よ。

「実」に見る夢、「虚」に見る夢そのいずれであれ、恋人への思慕はしばしば「夢」に託される。和歌でも、琉歌でも、そして昔も、今も。「とまいどまい」は探し求めての意だが、万葉、源氏などの古語「とめて（尋めて）」とも通ずる。

山内盛熹は宜湾朝保に師事した歌人であるが、琉球音楽野村流の大家としても名高い。孫に山内盛彬。（外）

糞落とし守宮《やもり》憎悪の眼に射らる

新嘉喜雅郷

昭和十五年五月三十日『琉球新報』に掲載された「琉球ホトトギス会」句集の中の一句。「夜話に合はす守宮の鳴き上手」（米谷静二）という句もあるように、愛嬌のある鳴き声でよく知られるが、黒く細長い先端にちょこっと白いものを置いた糞は、中々に強烈。しかもそれが、何時・何処に落ちてくるのか定かでないのだから迷惑このうえない。憎しみに燃える眼が、その対象に全く通じない所からユーモアが生まれた。（仲）

天《てん》地《ぢ》御《を》庭《みや》に　天《あめ》地《ぢ》真《ま》庭《みや》に
白雲に　虹雲に
雨　包《つつ》で　汁《しる》　包で

座間味間切・ウムイ

『南島歌謡大成　沖縄篇　上』所収。「稀に旱年之時」に謡われた神歌。雨は天上世界の庭に蓄えられていたり、カウジャシュの守る天上の井戸から降ろされたりする。また、夫婦雲の力によるものともされる。このウムイでは、天上世界の美しい庭から、雨を白雲、虹雲に包みこんで、天上の川を押し分けて下界に降ろされる、という。雨が順調に降ること、これが農民の最大の願いであること、それは昔も今も変わらない。（波）

入相《いりあい》の鐘《かに》の音《うとう》の身《み》にしみて
聞《ち》くもつれなさや今日《きゆ》もくれて

詠み人しらず

『琉歌全集』所収。今日も日が暮れて入相の鐘の音が聞こえてくる。身にしみて寂しいことだ。

入相の鐘は、首里城下にある円覚寺の鐘の音。祇園精舎の鐘の音ではないが、諸行無常の響きは首里の街の隅々に伝わったことであろう。「つれなさ（無性）」と歌う心は個人の感懐だろうか、王国の悲運に託してのものだろうか、しみじみとした哀愁が漂う。拾遺集にも「山寺の入相の鐘の声ごとに　今日も暮れぬと聞くぞ悲しき」とある。（外）

真玉森揺がぬ城の龍泉は
すだくうまんちゅの乳房なりしを

美島望洋

昭和二十五年六月一日発行『おきなわ』第一巻第三号収載「思い出はむなし」十一首の中の一首。真玉森は首里城内にある御嶽の一つ。すだくは、集まる・群がるの意。うまんちゅは、御真人・御万人で人民、多くの人の意。をは、詠嘆を表す間投助詞で…なあ。慕い集う万人の命を育んだ泉も、いまではその面影もない、といったもので、廃墟を潜流する流泉に栄華のうつろいを重ねた。(仲)

もしか夜《ゆ》のあけてよそ知《し》らばきやしゅが
行《い》く先《さち》やあがと鳥《とり》や鳴《な》きゆり

今帰仁王子朝敷

『琉歌全集』所収。もしか夜が明けて他人に知られたらどうしよう。行く先は遠いし鶏は鳴くし、困った困った。今帰仁王子は尚泰王の弟。王子たちは粋人が多く、夜な夜な辻遊郭に通った王子もいたらしい。尚灝王も小禄王子といわれた時代、アカチラの浜を通って辻への忍び恋をし、「恋しあかつらの波に裾ぬらち　通ひたる昔忘れぐれしや」と歌っている。もっともその歌のために王子たちの辻通いは禁止されたと伝えられている。（外）

伊《い》計《け》の杜《もり》ぐすく
京《きや》寄《よ》せ接《は》ぎ上《あ》がりや　波《なみ》襲《おそ》う　早《はや》み御《お》船《うね》
大《ぢや》国《くに》杜《もり》ぐすく
小《こ》太《た》郎《ら》若《わか》細《さい》工《く》

『おもろさうし』九巻所収。伊計の杜ぐすくの京寄せ接ぎ上がり（船の美称）は、波を乗りきる快速の船である。なんと雄々しく立派なことよ。その船は優れた船大工小太郎様の造られた船である。おそらく進水式（すらおろし）に臨んでの寿ぎオモロであろう。はなり（平安座）、たかはなり（宮城）、いちはなり（伊計）の人たちは、北から渡ってきた海人族、渡来人の末裔で、古くから造船、航海術に優れていた。

（外）

源《ぎん》河《か》成《な》り思《よも》ひが
今《みや》帰《き》仁《ぜん》　上《のぼ》て　徳《とく》満《み》つは　げらへて
徳《とく》満《み》つは　御倉《くら》の　鳴《と》響《よ》み
意《い》地《ぢへ》気《き》成《な》り思《よも》いが

『おもろさうし』十七巻所収。源河の成り思ひ神女が今帰仁に上ってお祈りをし、徳満つ御倉を造ったらその御倉の豊かなさまが四囲に名高くなっていくことのすばらしさよ。

「成り思ひ」は、神に成ることのできる神女で、源河のナリオモイは霊性豊かな神女だったらしい。わざわざ今帰仁に上って、穀物貯蔵のための倉である「徳満つ」を造っている。実際は、今帰仁上りをして倉造りのための予祝の祈りをしている。（外）

故郷や人みなやさし仏桑華

翁長日ねもす

昭和二十五年七月一日発行『おきなわ』第一巻第四号に発表した「俳句と私」にとられた一句。翁長はホトトギス同人。高浜虚子に師事。昭和十六年四月、浮島丸で神戸をたち、首里にいる八十九歳の老母を見舞い、二日ばかりの滞在で帰路についた。その間、那覇で青山千童が開いた歓迎俳句会等に出席。少年時代を過ごした金城町を詠んだ「石垣の残るのみなり甘藷畑」等。当時作られた句を「沖縄の思い出」として発表した。（仲）

百名《ひゃくな》　浦白《うらしろ》　吹《ふ》けば
うらくと　若君《わかきみ》　使《つか》い
我《わ》が浦《うら》は　浦白《うらしろ》　吹《ふ》けば
手数《てかず》は　蒲葵花《こばはな》　咲《さ》き居《よ》ら
掻《か》ひやるは　波花《なみはな》　咲《さ》き居《よ》ら

『おもろさうし』十八巻所収。我が百名に穏やかな浦白が吹くと、若君神女の神迎えの船出だ。櫂で船を漕ぐたびに水泡《みなわ》が飛び散り、蒲葵の花、波の花が咲いているように美しい。

浦白は、梅雨明けを告げる南風。梅雨の頃吹く沖縄の南風は、ウリズンベー、アラベー（梅雨期）、カーチーベー（梅雨明け）、ボースーベー（芒種節）という。（外）

白種子《しらちゃね》が　をより／甘種子《あまちゃね》が　をより
出《い》ちへ直《なふ》り　給《たば》うれ／うみ直《なふ》り　給《たば》うれ

座間味間切・ウムイ

『南島歌謡大成　沖縄篇　上』所収。「稲の穂御祭の時」の神歌。穂祭りは稲や麦の豊穣を予祝し、初穂を神に捧げる祭儀。「白種子・甘種子」は米の美称であるが、この語には、ニライの豊饒の世界からもたらされたとされる米に対する古代人の驚き、喜びがこめられている。「出ぢへ直り・うみ直り」は、稲穂が見事に実ることをいうのであろう。白種子の為に、甘種子の為に出直りなさいませ。熟み直りなさいませ、がその意。（波）

畑《はる》ぬ打豆《うちまみ》や　粟《あわ》ぬ首抱《くびだ》きゅい
我身《わみ》や誰《たる》抱きゅよ　里《さと》ど抱きゅる

奄美大島・あしび歌

『南島歌謡大成　奄美篇』所収。畑の打豆は粟桿に絡みついてる。この私は誰を抱くかというと、愛しいあの方を抱くのだ、がその意。畝間に植えられた豆の蔓が粟の茎に絡みつくさま。これに自分の姿を重ねたのである。伝統的で、素朴な表現形式だが、その素朴さ故にかえって健康さが印象づけられる。竹富島の種子取り祭の巻踊りの歌「くぬ世あんがまや　夏粟桿たらし　我身や豆成ゆてぃ　押し巻き取らな」も同発想。（波）

日照雨ふるそがなかゆ仏桑華
つりがねのごとむれさけり見ゆ

山城正忠

大正十五年十二月十五日発行『南鵬』第二巻第一号収載「歌日記より」九首の中の一首。日照雨は、日光が射しながら降る雨。狐の嫁入り。日照り雨の中に、仏桑華が群がり咲いているというのであるが、仏桑華の群がり咲いているのが釣鐘のようだというのか、釣鐘のような仏桑華が群がり咲いているというのか、いずれにもとれる。ここではすなおに前者、あの可憐な花風鈴仏桑華を歌った歌とみた。(仲)

七夕や記憶にきよき首里城趾

遠藤石村

昭和二十六年六月十日発行『おきなわ』第二巻第五号に発表した「自句自解と南方俳人待望」の中にあげられた一句。石村は、そこで「永久に汲んでもつきないロマンの泉となってゐる首里城趾」は、戦災で荒廃しつくして居るというが、「しかし年々七夕が来れば、首里城跡にうるみ滴るばかりに輝いてゐた星は私の心に清らかによみがへって、互いにまばたき交し、ささやき交わすのである」と、自句の解釈をしていた。（仲）

浮世《うちゆ》習《なれ》ひともて無蔵《んぞ》戻《むどう》ちあとに
百名《むむな》立《た》つよりも思《うみ》のくりしや

北谷王子

『琉歌全集』所収。浮世の習いだと思って恋人を帰したあと、百の浮名が立つよりも苦しい思いである。

さりげなく帰した恋人だったのに一人になって襲われた孤愁に身もだえする思いだったのであろう。「百名立つ」ことの恐れが、浮名の立つことなどもうどうでもいいと思うほどの悔いに心を責めている。

北谷王子朝騎の愛恋歌で干瀬節で歌われている。「ときはなる松の変ることないさめ　いつも春くれば色どまさる」とも詠んだ歌人である。（外）

泣《な》きゆて恨《うら》めても笑《わら》てとがめても
あてなしのあれが知《し》ゆめやすが

『琉歌全集』所収。泣いて恨んでも笑ってとがめても、心の幼いあの子が知るはずはない、どうせ知るまい、とは思うのだが…。子供っぽい無邪気な女へのいとおしみがほのかな恋になり、いよいよ深みにはまっていくらしい。

日本古語の「あどなし（無邪気である。子供っぽい）」は、「あどけなし」に変わり、「あどけない」という現代語を生んだが、沖縄では文語として、琉歌などに「あてなし」が使われている。（外）

七重《ななへ》巻《ま》き髪《からず》の　一重《ぴとへ》巻《ま》きうりりやまひ
白明井《すさかがは》よ　下《お》りちか　刀刃《かたなば》よ　越《こ》えだけ

宮古・八重山鬼虎の娘のアヤゴ

『南島歌謡大成　宮古篇』所収。伊波普猷が「可憐なる八重山乙女」の表題で紹介したアヤグ。与那国の豪族鬼虎の愛娘が宮古に連れて来られ、下女として呻吟するさまを物語る。ここは、底の抜けた桶で水汲みをさせられる場面をうたった部分。かつて七重にも巻いた黒髪も今は一重になる程。白明井に降りていく時は、あたかも刀刃の上を歩くようで…。鬼虎の娘に我身を重ねた宮古の人々の思いが、この歌を生んだ。（波）

故里の米須の丘よ岩陰よ
吾がいとし子の骨は何処に

上江州芳子

昭和二十六年十月十日発行『おきなわ』第十四号に発表された「沖縄に散りし子おもう」七首の中の一首。昭和二十年四月一日本島中部に米軍上陸、六月十一日糸満・与座・八重瀬岳・具志頭の線に進出、南端に追い詰められた日本軍は、以後悲惨な末路をたどっていくが、混乱する中で多くの者が、だれにも知られずに倒れていった。戦争が心を痛めつけるのは、この行方不明にもある。（仲）

業火遂に焼きおほせず
あかぎの骨骸しかと蒼穹を支ふ

井伊文子

昭和二十九年七月十日発行『おきなわ』第五巻第五号収載「沖縄哀唱（新短歌）—アルバムを見て」七首の中の一首。敗戦直後、沖縄で作られた学校教科書・八年生用『よみかた』に「首里城跡の赤木」がある。艦砲をあびた赤木の森は残骸が立っているばかりだが、地下の根は生き残っている、という未来への希望を託したものである。遂に焼き尽くす事の出来なかったのもあったのである。（仲）

玉城《たまぐすく》　杜《もり》ぐすく
今《いみや》こより　百年《もゝと》世す　ちよわれ
貴《たゝ》み子《きよ》に　大雲《おきよくむ》に

『おもろさうし』十八巻所収。玉城杜グスクは、貴いお方である大雲神女に守られて、今から行く末永く栄えてましませ。

杜グスクは神の鎮座する聖域。グスクは、後に「御獄」とよばれたり「城」字を当てられたりするようになる。「おきよくむ」は「おきくむ」「うきくも」などとも表記されている。「おきよ」は、「おきよおほち（大祖父）」「うきはわ（大祖母）」などの「おきよ」「うき」と同じく、尊称辞としての「大」の意。（外）

おぎやか子《し》ぎや　おもろ
筑紫《つくし》ちやら　おぼゑて
玉《たま》珈《が》玻《は》羅《ら》報《ふう》国《くに》寄《よ》せぐすく
おぎやか子《し》ぎや　宣《せ》るむ

『おもろさうし』十八巻所収。おぎやか子がオモロを申しあげます。筑紫ちやら（宝剣）を帯びて、玉珈玻羅（曲玉）を持って、その威厳で果報の満ちた国を寄せることのできるグスクであることよ。このオモロの前後は玉城オモロであり、玉城グスクがそうあってほしいと願う予祝オモロであろう。筑紫ちやらは治金丸ともよばれ、尚真王の宝剣である。王府と知念、玉城辺との深い関係が推察される。剣と玉は王権の象徴。（外）

糸数《いとかず》てだよ　按司襲《あんじおそ》いてだよ
歓《あま》へて輝《かが》ちよわれ
今日《けお》の良《よ》かる日《ひ》に
今日《けお》のきやかる日《ひ》に
浦崎《うらさき》に使《つか》い　我那覇《がなは》に使《つか》い

『おもろさうし』十八巻所収。糸数テダよ、按司襲いテダよ、喜び華やいで輝いてましませ。今日の吉き日に、輝ける日に、浦崎に、我那覇に、お迎えの使いを出されることだ。玉城村糸数の領主（アヂ）は三山対立時代の南部の豪族で、世の主とも呼ばれるほどの勢威を近隣に誇っていた。遠方豊見城の我那覇の周辺にまでその力の大きさを誇示していたことがわかる。（外）

昨夜《ゆぶぃ》がれぃ遊《あし》だる　かんつぃむぃ姉《あぐ》くゎ
明日《なしゃ》が夜《よね》なれぃば　後生《ごしょ》が道じ　御袖《みすでぃ》振りゅり

奄美大島・かんつぃむぃ節

『南島歌謡大成　奄美篇』所収。「かんつぃむぃ節」は、奄美に伝わるカンツィメ女と岩加那の悲恋を基にした物語的歌謡。琉歌を十数首連ねてカンツィメの非業の死を歌う。昨夜まで一緒に遊んだカンツィメは、明日の夜にはあの世への道に立って袖を振っているよ、がその意。第一節は、佐念の山に提灯の明かりが上り下りする、と歌う。夜中に歌うとカンツィメの亡霊が出現する、という。（波）

さてむ豊《ゆた》かの《ぬ》　黒《くる》島《しま》や
島の《ぬ》ながりゆ　見《み》渡《わた》しば
島の《ぬ》ながりや　鼎《はない》形《はた》

八重山・黒島口説

『南島歌謡大成　八重山篇』所収。「黒島口説」の冒頭の一節。本歌は、軽快な所作で島の風俗を描いた舞踊で有名。舞踊では、地謡が短い口説の詞句を歌い、舞い方が長い口説囃子を歌って、島の生活を生き生きと描き出す。沖縄各地には、自村を賛美する口説が伝えられている。これらには近世期に作られたものが多いが、近代の作もまたある。いずれも島の景観を讃え、豊饒を寿ぐ内容である。島の願いの凝縮である。（波）

糸《いと》数《かず》てだ　按《あん》司《じ》襲《おそ》いてだよ
世添《そ》わる拍《ひ》子《やし》　打《う》ちちへ　みおやせ
今《け》日《お》の良《よ》かる日《ひ》に　今《け》日《お》のきやかる日《ひ》に
くらまる持《も》たちへ　みとろは　持《も》たちへ
渡《わた》さば　渡《わた》せ　下《くだ》さば　下《くだ》せ

『おもろさうし』十八巻所収。糸数テダよ、なんとすばらしい領主様であることか、そのお方に、世を治める拍子を高々と打って奉れ。今日の吉き日にくらまる（弓）、みとろ（弓）を持たして、渡すならば渡してください。下さるならば下さい。「みとろ」「くらまる」は弓の尊称。沖縄の神祭りでは、弓の弦を弾いて音を立て、神霊を招く。（外）

浮世《うちゅ》あだ波《なみ》に浮《う》き沈《しずい》みしちゆて
覚《うび》らずに今年《くとうし》七十《しちじゅ》なたさ

伊江朝助

『琉歌全集』所収。浮世の非情な波に浮き沈みしながら、おぼえず七十歳になってしまったことよ。

男爵・貴族院議員にまでなった伊江朝助が敗戦後の東京で詠んだ歌。廃藩置県の折の立役者伊江王子朝直の嫡孫だが、政界、財界、マスコミ界に入って数々の辛酸をなめた。戦後も沖縄を救おうとした苦労を「行く先や迷て日や暮れてさらめ、六十六たんめどげいころび」と嘆じている。七十の古稀は東京で迎えたが、磊落で、洒脱で、粋人だった。（外）

琉球の大夕焼や褪《さ》めおそく

柳田尾山

昭和十五年八月二日『琉球新報』に掲載された「琉球ホトトギス会」句集の中の一句。雲間から洩れる光の矢が海に突きささり、海も空も赤く染まっていく。大夕焼けの始まりで、それが中々収まらないというのである。琉球の落日の光景は荘厳であるが、それを見ると親の死に目に会えないと、昔の人は言った。夕焼けのあまりの美しさに魂を奪われてしまうことがあったことを、それは語っているかに思える時がある。（仲）

多《た》良《ら》間《ま》前泊《まいとまい》に　下《さ》がてる雨《あま》ぐれや　シューレ
雨ぐれやあらん　親母《おやんま》が目の涙《なだ》よ

宮古・多良間ションガネ

『南島歌謡大成　宮古篇』所収。多良間島には二つの港がある。北の方、平良や那覇に向かう船の出る前泊港と八重山に向かう船の出る普天間港である。前泊の浜に垂れ下がる雨雲は、ヤレ、これは雨雲ではないよ、ウヤンマの目から流れる涙よ、が本歌の意。ウヤンマは、役目で島に滞留する役人の身の周りの世話の為に付けられた、いわば旅妻。琉歌「里前船送て戻る道すがら　降らぬ夏ぐれに我袖ぬらち」も同想の歌。（波）

あんま主《しゅ》やよかて生《ん》まれ島《じま》いまゐ
我《わ》身《み》や仲島《なかしま》のあらの一《ちゅ》粒《ついじ》

よしや

『琉歌全集』所収。父と母は生まれ島（故郷）に住んでしあわせであるのに、私は仲島の遊郭で一粒の籾のように粗末にあつかわれている。

十八歳で夭折した不遇の歌人といわれるよしやは、二十二首の歌を遺しているが、そのいずれにも「恨み」と「あきらめ」の情が貫流している。「恨む比謝橋や」の歌はその象徴的なものである。わが身の不遇を嘆ずるよしやは「育てらぬ親ののよで我身産ちゆて　花におし出ぢやちよそにもます」とも歌っている。（外）

ふる里は貧しなつかしわが母に
吾子をみせんとつれてきにけり

江島寂潮

一九二五年十二月発行『南鵬』創刊号に発表された「故郷は貧し」六首の中の一首。江島の本名は名嘉元貫一（一九〇〇・四・二〜一九五一・六・一三）。伊江島生まれ。『水甕』『現代短歌』等の同人となり、短歌を発表。のち小説に転じる。『南鵬』は海外移住事業遂行を目的とした組織・沖縄県海外協会が刊行した機関誌。島を出たものに出来る最大の母親孝行を寂潮はしたのである。（仲）

かなしさよ腐れはてたるいまもなほ
銃とる指をひらかざる人

前原

昭和二十一年五月十一日『沖縄新聞』に掲載された一首。『沖縄新聞』は、敗戦直後、捕虜収容所内で発刊されていた新聞。謄写版印刷、タブロイド判で週一回発行。文芸欄があり、各収容所から集められた短歌や俳句を各収容所にある同好会名をつけて掲載した。捕虜生活の様相や帰国への希望等と共に戦死した仲間たちを悼んだ歌がみられるが、このような哀切極まりない歌が詠まれていた。（仲）

琉球に着きし日よりの日焼かな

高浜年尾

昭和十五年八月七日『琉球新報』に掲載された「琉球ホトトギス会―高浜年尾先生俳句並選句（上）」句集の中の一句。年尾は、虚子の長男で、昭和十二年以降俳句に専念。虚子なきあと『ホトトギス』の衣鉢を継ぐ。青山千童は「年尾先生の句（下）」で、この句をとりあげ鑑賞しているが、日焼けを「眼鏡を外すと眼鏡の蔓の跡が白く濃く」残っていることに見つけていた。焼けてない部分から暑い沖縄を読んだのである。（仲）

熱帯魚悲しきまでに美しく

中島南花

昭和十五年八月二日『琉球新報』に掲載された「琉球ホトトギス会」句集の中の一句。年平均気温二〇度以上の地域に生息する魚類を熱帯魚といい、グッピー等の淡水産種、スズメダイ等の海産種があるが、ここでは後者、とりわけ、琉球列島から西部太平洋に分布し、礁湖のどこにでも見られるコバルト色に輝くルリスズメの群舞に息をのむほどの感動を歌ったもので、「悲しき」は、そのまま「愛しき」に転じていく。（仲）

知念の海潮ざゐしるき今宵かも
寝ねつつ思ふスクの幸ども

裂琴

一九四七年九月十九日『うるま新報』「心音」欄に掲載された「みんとん社詠草（二）—身辺雑詠」七首の中の一首。みんとん社には濤韻、初子、西森晴二郎、古波鮫弘子などがいた。しるきは著しで、はっきりと判ること。スクはあいごの稚魚で、旧暦五月から六月の大潮時に浅瀬に群れをなしてくる。潮騒が、スク荒れ・熱低のためだとすると、「思ふ」は切実この上ないものとなる。（仲）

いちまなあちゆくえ鱶と命かぢり

辻本正一

大正十五年十二月十五日発行『南鵬』第二巻第一号収載「雑詠」五句の中の一句。いちまなあは、糸満野郎。ちゆくえ鱶は、人食いザメ。命かぢりは、命のかぎり。糸満野郎は命のかぎり人食いザメと格闘するのも厭わないというのである。糸満漁夫の勇猛心を歌ったもので、そのド迫力は、方言の音調によって生まれてきたかと思われるが、それにはあの『モビーディック』の船長エイハブも顔まけといったところである。（仲）

石に生《む》い　蘇鉄《しゅたつ》ぬ　かたに　差《しゃ》す　かな木ぬ
馬艦柱《まーれんぱら》　取《とう》らり間《けー》
ういかん　夫婦　て、んさい
たいかん　夫婦　て、んさい

多良間島・くまらぱぎ豊見親

『南島歌謡大成　宮古篇』所収。狩俣のクマラパギ豊見親と愛妻の寝物語を綴った歌の三節目。石原に生えている蘇鉄、堅地に根ざしているカナ木が、馬艦船の帆柱として伐り取られる程に成長するまで、動ぜぬ夫婦と、変わらぬ夫婦と言われたい、がその意。夫婦の愛情が永遠であることを歌っているが、それは蘇鉄から馬艦船の柱を取るという絶対不可能のことを比喩としてなされている。（波）

山ぼくん　のいで生り　まんのふま
野よのきだ　もともとし　さかいつ

八重山・まんのふま節

『南島歌謡大成　八重山篇』所収。本句は竹富島に生まれたマンノーマを讃えた歌の第二節で、マンノーマの容姿のすぐれたさまをうたっている。山福木のように抜きんでた生まれのマンノーマ。野のイヌマキの木のように茂るサカイツ、がその意。色の白さ、性格の柔和さなど人のなりや容姿をたたえるのに宮古・八重山の歌謡では植物を比喩の材に使うのが一般的。ここでは建築の良材たる山福木とイヌマキが使われた。（波）

自給へのはたうちをれば機銃弾のさびたる薬けうのをどり出でたり

幸崎清

一九四七年十月三日『うるま新報』「心音」欄に掲載された「畑をうつ」と題された一首。薬けうは薬莢で、弾丸を撃つのに必要な火薬を詰める真鍮製の筒型の容器。四十分間で一万九千発の弾丸を撃ち込むという米軍の所謂「耕し戦法」は、「鉄の暴風」と呼ばれることになるが、それは到るところで吹き荒れた。鍬を振ると、薬莢にあたるほど沖縄戦は、激しい戦いだったのである。(仲)

わしの鳥巣立ちの如くあまかけよ
ねむりにさめよと叫びたる師よ

翁長秀次郎

一九四七年十一月七日『うるま新報』「心音」欄に掲載された「伊波先生を悼みて」三首の中の一首。東大を卒業して一九〇六年帰郷した伊波普猷は沖縄文化の再興・沖縄人の開明を説いて全島を講演行脚。二五年再上京。仮寓先の比嘉春潮宅で、脳溢血のため亡くなったのが四七年八月十三日。ゆかりの地浦添に墓・顕彰碑を建て、六一年八月十三日、御霊を迎え、第一回物外忌が開かれた。(仲)

里《さとぅ》前《め》船送《ふにうく》て戻《むどぅ》る道《みち》すがら
降《ふ》らぬ夏《なつぃ》ぐれに我《わ》袖《すでぃ》ぬらち

『琉歌全集』所収。恋人の船を見送って帰る道すがら、降りもしない夏雨にわが袖を濡らしたことよ。

「しやうんがない節」で歌われ、八重山の在番奉行が首里に帰る時、現地妻と別れる悲しみの歌といわれている。ウヤンマー悲劇だけでなく、昔の海旅には生きて再会できるかどうかわからない悲劇が満載されていた。いつも残される女の悲嘆、島の宿命が悲しい。「夏ぐれ」は夏のにわか雨。おもろ語の「あまぐれ」、和語の「しぐれ」に通ずる。

（外）

名《な》に立《た》ちゆる今宵《きゆ》やいつよりもまさて
すみて照《てぃ》り渡《わた》る十五夜《じゅぐや》お月《ついち》

詠み人しらず

『琉歌全集』所収。名高い今宵はいつよりも勝って美しくみえる。澄んで照り渡っている十五夜のお月さまよ。「名に立ちゆる今宵」は、八月十五夜の満月をさす慣用句。

「名に立ちゆる今宵一人をられゆめ　いまうちわが宿に月見しやれれ」（金武朝芳）などとうたう粋人もいる。尚育王も「名に立ちゆる今宵くもりないぬあれば　水も玉鏡かげのきよらさ」と、水底に映る中秋の名月に心を奪われている。（外）

暗黒のうるまの島にいみじくも
歴史の光點したる人

比嘉静観

昭和二十六年三月十日発行『おきなわ』第二巻第三号収載「楽園の夢」十二首の中の一首。東恩納寛惇は「彼ほど沖縄を識った人はいない／彼ほど沖縄を愛した人はいない／彼ほど沖縄を憂えた人はいない／彼は識ったが為に愛し愛したために憂えた／彼は学者であり／愛郷者であり予言者でもあった」と伊波普猷を顕彰したが、伊波はまさしく近代化に遅れた島に光を灯した人であった。(仲)

来間川の　百段《ももだん》を　上《ぬ》るがつなまい
貴《ヴ》殿《わ》がことのど　かな者がことのど
忘《ばす》りちゃ　為《し》らりぬ

宮古・来間川のあやぐ

『南島歌謡大成　宮古篇』所収。来間川は、来間島の北東側断崖下にある井戸。村が標高四十メートルの石灰岩の急崖上に建てられた理由の一つに、この井戸の存在があったという。島の生活を支える命の泉であったが、水汲みには急勾配で険しい百段余の階段を上り下りしなければならなかった。本歌は、この水汲みの苦しい労働の間も愛しい貴方のことが忘れられない、というのである。（波）

前の浜千鳥　世果報世の　千鳥
高浜の　千鳥　飛鳥　世果報世の　千鳥

八重山・千鳥節

『南島歌謡大成　八重山篇』所収。鳩間島に伝わる歌謡の冒頭二節の詞句。三・四節では「みだり浜千鳥飛鳥／いんだ浜千鳥飛鳥　世果報世の千鳥」と別の浜の千鳥が歌われる。前の浜の千鳥は豊かな世をもたらす千鳥。高浜の千鳥、飛ぶ鳥は幸せな世を運ぶ千鳥。ごくごく単純な形の歌である。しかし、島の浜辺に遊ぶ千鳥を見て豊饒を予感する心には、現代人の失った大切なものが生きているように思う。（波）

誰《た》が宿《やどう》がやゆらたづねやり見《み》ぼしや
月《ついち》に琴《くとう》の音《に》のかすか鳴《な》ゆす

神村親方

『琉歌全集』所収。誰の家であろうか、訪ねてみたいものだ。月夜に琴の音が幽かに聞えてくることよ。

月夜に幽かに流れてくる琴の音は風雅で、弾く人の姿がゆかしく偲ばれる。

「たづねやり見ぼしや」の心情は『平家物語』の中の小督の局が、嵯峨野で「想夫恋」の曲を琴で奏したという話に通ずるし、「駒ひき止めて訪ねれば　爪音高き想夫恋」と歌った歌心が、この琉歌の下敷きになっていることであろう。（外）

芭《ば》蕉芽《そーやびち》　白《しる》さ生《ま》りばし
まーに芽　柔《やふわ》さ生りばし
主《しゅー》ぬ子《ふぁ》や　主にどぅ　似しゃ生りし
親《うや》ぬ子や　親にどぅ　似しゃ生りし

石垣島大浜・芭蕉やびちジラバ

『南島歌謡大成　八重山篇』所収。「芭蕉やびちジラバ」の全句。芭蕉の芽のように色白い生れをして、マーニ（クロツグ）の芽のように柔らかな生まれをして。主（お役人）の子供は主に似た生まれをし、親（お役人）の子供は親に似た生まれをし、がその意。「色の白さは七難かくす」はよくしられたことば。沖縄ではそれ以上で、色の白さ柔らかさは素性の良さをもあらわす標徴であった。（波）

雲の峰崩るる果てやいづくとも

時君洞

一九四六年十二月二十七日『うるま新報』「心音」欄に掲載された「はらから生死不明」の中の一句。「五〇〇〇人もの多くの同期生の中、約三分の一の者が比島沖、台湾沖の航空戦、就中沖縄をめぐる決戦で散華」した神風特別攻撃隊員の遺書・遺詠・遺文を集めて刊行したのに『雲ながるる果てに』がある。彼らの亡くなった場所を見ていくと、それは何処でもなくまさしく雲の果てという思いを抱かずにはいられない。（仲）

大いくさおえて少女ら踊るなり
初めて涙わがほほをつとう

上間草秋

一九四七年四月十一日『うるま新報』「心音」欄に掲載された「戦後故郷」二首の中の一首。大いくさは第二次世界大戦。戦争が終わった事を喜んで少女らは踊ったともとれるが、そうではなく、敗戦後巡ってきた季節の祭りを、貧しい生活の中でも忘れず行っているその姿に、心をうたれたというのではなかろうか。歌や踊りが、やっと若い者らに戻ってきたことの幸せが感涙を呼んだ。（仲）

互《たげ》に思《うみ》すてて夢《いみ》になる昔《んかし》
思出《うびじゃ》ちやさ夜半《ゆわ》の月《ついち》に向《ん》かて

大宜味親方朝昆

『琉歌全集』所収。互にあきらめて別れたのは昔の夢である。だけど夜半の月を見て、語りあったあの日日が想い出されてしまった。

恋仲であった二人が別れてあとはそれぞれに新しい道を選んだはずなのだが、想い出のよすがになる月を見て、恋しさ懐しさが甦えったらしい。夜半の月に託した恋の想い出は切なく、悲しく、忘れ難い。

「覚出しゆさ昔夜半の月影に　しので語らたる人のなさけ」と歌った歌人もいる。（外）

瀬《し》長《なが》山《やま》見《み》れば恋《くい》の氏神《うじがみ》の
お招《まに》きが召《み》しやいら我《わ》肝《ちむ》あまぢ

『琉歌全集』所収。瀬長山を見ると恋の氏神がお招きをしていらっしゃるのでしょうか、私の心が揺らぎ悩んでしまいます。

「あまぢ」は、揺らぐ、動揺するの意。現代方言では動揺するの意をアマジュン、動揺させるの意はアマガシュンまたはアマガスンという。琉歌では「肝やあらなしゆて口や花咲かち　我肝あまがしゆる辻のづり小」と歌っている。瀬長山は「手水の縁」の恋の縁結びで名高いが、昔も今も恋の花の咲く島である。（外）

いささかのバナナ売る店入りつ日に
赤く照り映えもの淋しけり

呉我春男

一九四九年二月十日発行『月刊タイムス』創刊号に掲載された「故里の秋」四首の中の一首。大城立裕は「呉我春男追想」で、短歌は、結核の苦しみを救ったといい、続けて「その短歌の活動は孤独なものではなく、ひろく運動に持ってゆくことを好んだ」と記していた。文芸サロン・九年母等を組織、陽気な性格であったというが、赤々と染まる夕暮れ時は、孤独に身をよじっている。(仲)

高嶺《たかね》山から　谷底《たにしく》　見りば
ウーマン　変わらんねー　スリヌ　深さ

小浜島・あそつき

『南島歌謡大成　八重山篇』所収。大和の「高い山から谷底みれば〜」型の一首。これが、小浜島の奇怪な仮面神ダートゥーダーの芸能の音曲の歌詞となったのが本句。しかし、その伝承はストレートではない。「高い山から谷底みれば　おまん恋しや布晒す」の下句が、このように変容しているのである。なお「おまん」は、「薩摩上布」商いの店が舞台となる近松門左衛門の浄瑠璃「薩摩歌」のヒロインの名でもあった。（波）

福地儀間《ふくじぎま》の主《しゅ》
人の浦《うら》の貢《かない》　掻《か》き寄《よ》せて
按司《あぢ》襲《おそ》いに　みおやせ
かさす若《わか》てだに　人の浦《うら》の貢《かない》
真物若《まもんわか》てだに

『おもろさうし』十一巻所収。福地儀間の主よ　他島からの貢物を集めて　勝れて立派なかさす按司に差しあげよ。久米島の悲劇的な英雄かさす按司を賛えるオモロ。かさすは名前で、若てだ、すなわち勝れた太陽と賞賛されている。宇根村の後方登武那覇にグスクを造って勢威を誇ったらしい。彼は下ぶくれのした豊頬の人、髪の美しい人としてその容姿まで民衆の憧憬を集めたが、悲運の戦に破れ、自害をして果てた。（外）

月に坐し蒲葵の団扇《うちわ》を作りおり

中島南花

昭和十五年十月四日『琉球新報』に掲載された「琉球ホトトギス会」句集の中の一句。『琉球国由来記』巻三事始乾・財器門扇の項に「當国、自㆓神代㆒、檳榔扇、制用㆑之歟」とある。檳榔扇がこの蒲葵の団扇である。蒲葵は神の依りつく神木で、「蒲葵を手にした最初の目的は、神霊の依代を手に採るということにあり、涼をとるのは第二義的」であったとする説もある。月光を浴びた団扇には神霊も宿ったであろう。

（仲）

急《いす》ぐ道《みち》よどで見《み》るほどもきよらさ
内兼久《うちがにく》山のはじのもみぢ

神村親方

『琉歌全集』所収。急ぐ道ではあるが立ちどまって、眺めるほどの美しさである。秋をいろどる内兼久山のはじの紅葉よ。

「はじ」（櫨）は漆科の落葉喬木で「はぜ」ともいう。秋になると美しく紅葉する。秋の紅葉はかえで（楓）が代表的であるが、沖縄でははじの紅葉が秋をいろどる。中でも那覇市久米町の内兼久山のはじもみぢは美しく、懐しい。『平家物語』にも、「はじ、かへでの色うつくしうもみぢたるを…」とある。（外）

菊見《ちくみ》しち戻《むどぅ》るわが宿《やどぅ》のつとに
あたら花《はな》やても一枝折《ちゅいだをぅ》たる

詠み人しらず

『琉歌全集』所収。菊見をして帰るわが家へのみやげに、惜しい花ではあるが一枝折ったのだ。

菊花は美しい花、めでたい花、不老長寿の花として賞翫され、琉歌では数多く詠まれている。旧九月九日の重陽の宴に菊花は欠かせなかったらしく、菊の盃をかわして寿をのべる歌などがある。和歌世界に菊が登場するのは平安時代からで「露ながら折りてかざさむ菊の花老いせぬ秋の久しかるべく」（古今集）と、寿ぎの意で詠まれている。
（外）

花《はな》の袖《すでぃ》かへちにやへも打招《うちまに》け
すずし風《かじゅ》呼びゆる野辺《ぬび》のすすき

浦添王子朝熹

『琉歌全集』所収。花の袖をひるがえしてもっともっと招いてくれ、涼しい風を呼ぶ野辺のすすきよ。

沖縄の夏の暑さは、まったく閉口する。それだけに涼しい秋風がひとしお待たれる。「夏と秋と行きかふ空のかよひぢは　かたへすずしき風やふくらむ」と詠んで涼しい秋風を恋う『古今集』の歌心に通ずる。同じ古今集に「秋の野の草のたもとか花薄　穂に出でてまねく袖と見ゆらむ」とすすきの穂が靡《なび》いている様を人を招いているのに見立てている。（外）

夕迫る福木のかげにおきならは
おのもおのもに縄ないて居り

大城悲愁

一九四九年二月十四日『うるま新報』「心音」欄に掲載された一首。縄をなう最も大掛かりな仕事は、綱引きの綱をなう仕事であった。老人らのなっている縄は、そんな祭りのためのものであったともとれるが、ここでは、黍や薪を縛るためのものや、茅葺きの屋根を葺くためのものといった、最も日常の生活に密着したものであったととりたい。全てが手仕事であった頃の暮らしの一齣である。（仲）

すぐ乾く琉球時雨はなやかに

柳田尾山

昭和十五年十一月十五日『琉球新報』に掲載された「琉球ホトトギス会」句集の中の一句。時雨は、（一）秋の末から冬の初め頃に、降ったりやんだりする雨。俳諧では初冬の季語。（二）涙を落して泣くことの意がある。時雨は、（一）のように単なる自然の現象としてだけでなく、涙ばかりのはかなくうつろっていく人生を象徴するものとして詠まれるようになるが、琉球の時雨は陽光の中で絢爛豪華なのである。（仲）

今《なま》　蒔《ま》キ　種《たに》ぬどぅ　十月《ずーぐわチ》　蒔キ　粟《あわ》ぬどぅ
ういが　んみ時《ばな》んな　粟《あわ》ぬ　出来時《でぃきばな》んな
シ玉丈《だまだき》　稔《なう》らば　真玉丈稔《まだまだきなォ》らば

池間島・今蒔く種

『南島歌謡大成　宮古篇』所収。粟の豊かな実りを願う予祝の歌の第一節と五・六節の詞句。今蒔いている種こそが、この十月に蒔いている粟こそが、その実りの時には、粟の出来時には、数珠玉のように実り、真玉のように実り、がその意。歌はその後、男たちは肩にタコが出来るほど、女たちは頭にタコが出来るほど収穫して、税も収め、余りの粟では神酒を造って酒盛りをする、と歌う（波）

たい風の過ぎたる天のひろさかな

数田雨條

一九四八年十一月十二日『うるま新報』「心音」欄に掲載された「たい風くわ」と題された一句。台風は「北半球西太平洋域において、風速一七m／s以上の反時計回りに吹く風をともなった熱帯（赤道付近をのぞく）の高温海水域で発生する低気圧のこと」をいい、七月〜九月にかけて多い。台風の後の甘蔗畑に出てみると、その全てが横に靡いていて、これまで隠れて見えなかった海がすぐそこにあったりするものである。（仲）

なんた浜《はま》 下《う》りてぃ 波《なみ》ぬ花《はな》 みりば
旅《たび》に わる さとぅぬ 事《くとぅ》どぅ 思《うま》り

与那国島・与那国スンカニ

『南島歌謡大成　八重山篇』所収。ナンタ浜は与那国島祖納の浜の名。宮良長包の歌曲にも歌われている。与那国島と他島とをつなぐ港であり、古くから島の玄関として島人のくらしと密着していた。ナンタ浜に下りて、咲いてはこぼれる波の浜を見ていると、旅に出ていらっしゃるあの方のことが思われます、がその意。島を取り囲む大海原と目の前に咲く波の花。そしてナンタの浜の白砂の輝き。島の情景の中の女性の心を歌った一首。（波）

仲島《なかしま》の小橋《くばし》波《なみ》は立《た》たねども
あはぬ戻《むどぅ》る夜《ゆ》や我《わ》袖《すでぃ》ぬらち

惣慶親雲上忠義

『琉歌全集』所収。仲島の小橋は波は立たないけれど、彼女に逢えないで戻る夜は、涙でわが袖を濡らしてしまいます。

「あはぬ」は文法的には逢わないで、と訳すべきだが、琉歌文学では、琉舞「伊野波節」の歌の「あはぬ徒らに…」のように、逢えないで、と訳される。

文学世界で使われる「袖」で連想されるのは「涙」が多い。『古今集』でも、「つれづれのながめにまさる涙川　袖のみ濡れて逢ふよしもなし」と歌っている。（外）

すむやなか　ぴだま　無《ねー》ん　道から
うるずんぬ　朝凪《ど》りぬ　海《いん》だき
備《び》後《く》筵《むしる》　肌《ぱだ》柔《やぱ》だ　取りかみー

多良間島・ゆりけーに

『南島歌謡大成　宮古篇』所収。美しい八重山娘ユリケーニと宮古の男の出会いを語る歌の一節。下八重山の小さな襞（穴ぼこ）さえも無い道から、うりずんの季節の朝凪の海のように上等な備後筵、柔らかい筵を頭に載せて、がその意。その美しさ故か、島の男の求愛の無いユリケーニ。為に彼女は、宮古からやって来た久貝主の許へ酒をさげて出向いて行く。柔らかな筵の比喩がいい。（波）

人黙す古式の笛が地に湧けば

金城紅児

昭和十三年七月六日『琉球新報』に掲載された「孔子祭」五句の中の一句。孔子祭は、クーシマチーといい、「年二回旧暦二月・八月の最初の丁の日に泉崎橋頭の至聖廟（孔子廟）でおこなわれた」という。一六一〇年久米村の蔡堅が中国から孔子等の絵像を持ちかえって祀ったのが始まりで、現在は孔子誕生日の新暦九月二十八日に行われる。祭りのそなえものや式の順序は、中国の制度にならった。中国尊崇の祭りである。（仲）

おす風《かじ》もすだきでかやうおしつれて
さやか照《てぃ》る月《ついち》のかげに遊《あすぃ》ば

豊見城王子朝尊

『琉歌全集』所収。そよ風も吹いて涼しくなってきた。さあ共に連れ立ち、さやかに照る月影の下で遊ぼう。澄みきって明るい月の光を浴びながら、アシビに興ずるのは若い男女であろう。若い人たちの華やぎが聞えてくる。南の島のすこやかな月のめで方といえよう。「おす風」は吹く風という意味。類歌に、「照る月もきよらさおす風もすださ　おしつれて互に遊びぼしやの」などがある。（外）

おふ八しま沖縄島とかわれとも
言の葉艸の色はかわらす

一心

明治三十三年七月二十三日『琉球新報』に掲載された一首。「沖縄の言葉も大和にかわらすやとの問に答えて」との詞書きを付してある。おふ八しまは大八洲をあて多くの島からなるという意で、日本国の古称。言の葉艸は言葉。琉球方言が、日本語と同じであることをいち早く証明したのは英国人チェンバレン。戦後アメリカの占領下にあって本土に留学した学生たちもまた同じ問いに同じ答えをしたという話しは多い。（仲）

暁《あかつぃち》の別《わか》れ袖《すでぃ》に波立《なみた》てて
仲島《なかしま》の小橋《くばし》わたりぐれしや

与那原親方良矩

『琉歌全集』所収。暁の別れの悲しさに袖を濡らしてしまって、仲島の小橋は渡りにくいことだ。

「仲島」は昔の遊郭の名前。那覇市の泉崎にあり、もとは小島であった。入江をふさいでできたのが仲島小堀（ナカシマグムイ）である。遊郭は明治の末年、辻に移されたが、仲島小堀は昭和初年まで私たち泉崎少年のこよない遊び場だった。

「夢路通はしゆる仲島の小橋　さめて面影のまさて立ちゆさ」と詠んだ歌人もいる。（外）

梳《きず》りやい　那覇《なぱ》からず　ゆーばしー
しゃばきあい　那覇からず　結《むすび》ばしー
亀《かみ》ぬ　ぎぱ　ふみつまーれ　取《と》り差《さ》しー

多良間島・ゆりけーに

『南島歌謡大成　宮古篇』所収。美しい八重山娘ユリケーニが、宮古の久貝主を迎える為に装いを整えることを歌った一節。髪を梳り那覇の髪型に結い上げ、かしらを那覇風の髪に整えて、亀の甲羅で作った簪を取り差して、がその意。八重山独特のブリィビシアカマジィ、ウフアカマジィではなく、わざわざ那覇風の髪型（那覇からじ）に結う所に、昔も今も変わらぬ島の美意識が表れている。（波）

福地儀間《ふくじぎま》の主《しゅ》よ　てだよ見《み》ちやる勝《まさ》り
良《よ》かる儀間《ぎま》の主《しゅ》よ
かさす若《わか》てだよ

『おもろさうし』十一巻所収。勝れた福地儀間の主よ、太陽のように立派なかさす按司を見たことが勝れ栄える源になったことよ。

久米島仲里村儀間の主は、宇根のグスクに據ったかさす按司に従属して忠誠を誓ったらしい。太陽のように輝いているかさす按司に従って、福の土地儀間の平和を守っている。

「見る」という語は物理的に見るというよりは、眼を合わせて心をゆだねる、捧げるという意味である。（外）

川《かは》らまの　水だけ
湊《みなと》まの　潮《おしゅ》だけ
出らわん　ばー　二人《ふたり》
入《い》りらばん　ばー　二人

八重山・きやいそふ節

『南島歌謡大成　八重山篇』所収。男女の変わらぬ情愛を歌った一節。川原の水のように、湊口の潮のように、私達は出て行くときもいつも一緒。入ってくるときも二人は一緒、がその意。川口に出入りする川水と潮に、家の門を出入りする夫婦の姿を重ねたもの。ごくありきたりの物や事を素材としながらも、その比喩が的確であるのには驚かされる。観察のたまものというべきか（波）

獅子舞の気負にならず銅鑼《どら》の音は
清けき月の夜を流れゆく

仲本潤英

昭和二十九年五月十日発行『おきなわ』第五巻第四号収載「島」十二首の中の一首。獅子を舞わすには「先ず、獅子あやし（獅子ワクヤー）が、勇壮ないでたちで出てきて、ドラや太鼓、笛・ホラ貝などの伴奏によって獅子をさそい出す」ことから始まるといわれるが、その獅子あやしの打ち鳴らすドラが、月の夜の情感を乱すこともなく、好もしいものに感じられたというのであろう。（仲）

童《やるび》から　手《てぃ》持《む》ちぃ生《ま》り
幼少《いみしゃ》から　巧者《くうしゃ》生《ま》り
五才《いちぃちぃ》　人《ぴぃとぅ》ん　定《さだ》まり
沖縄《うきぃな》迄《までぃ》ん　聞《しぃ》かりてぃ
美御前《みよまい》迄《までぃ》ん　とぅやかりてぃ

波照間島・中山ぬまぶなりぃジラバ

『南島歌謡大成　八重山篇』所収。布織りに優れたマブナリィを歌った歌謡の一節。童の時から布織りの技を持った生まれで、幼少の頃から手巧者の生まれで、五つの年には人々の評判をとり、沖縄までもその名声は聞こえて、国王様のもとまでも評判は轟いて、がその意。宮古・八重山の叙事的な歌謡には、布織りに呻吟する女性を歌ったものがよく見られる。それはこれらの歌謡が人頭税時代の社会を母胎としていたからである。（波）

為朝岩吾子の背たけの芒鳴る

矢野野暮

一九五一年一月一日発刊『月刊タイムス』第二十四号収載「みなみ吟社—働く者の芸術集団」句集の中の一句。為朝岩は、浦添城跡東端に立つ巨岩で、ワカリジー・ハナリジーといわれる祭祀遺跡。昔為朝が、牧港に寄港した大和船にその岩上から矢を射当てたというのでその名があるという説や、舜天王のグシクと関係している所から出たというような説がある。遠く久高を望む絶景の地へ芒を掻き分けて歩いたのである。(仲)

この丘に霊魂秘めて芒咲く

武村蘇風

一九五一年一月一日発刊『月刊タイムス』第二十四号収載「みなみ吟社—働く者の芸術集団」句集の中の一句。この丘は特定する必要は必ずしもないが、句集前後の句から推定すると前田高地。前田高地の戦闘は、日毎、敵・味方が入れ代わる程の激戦で「ありったけの地獄を一つにまとめた」戦闘と米側記録に残っている。丘を埋め尽くさんばかりに咲いている芒の花は、無数の犠牲者の魂が乗り移りうごめいていると感じた。（仲）

久《く》米《め》のこいしのが
ゑけ　みのかは　打《う》ちちへ　鳴《と》響《よ》み
百《もも》浦《うら》こいしのが
今日《けお》の　良《よ》かる日《ひ》に

『おもろさうし』十一巻所収。久米島のコイシノ神女が吉日を選んで鼓を打って、四囲に名高く評判になったことよ。久米のコイシノは久米島中城の神女。航海に関係の深い神女として名高い。百浦コイシノという異称は、航海で百浦にゆかりを持っていることからの美称である。

「こいしの」は神を乞う呪力に勝れて光り輝やくような神女という意味。鼓を打つことには、神を迎え、世を支配するの意味がある。（外）

鬼《おに》の君《きみ》南《は》風《ゑ》や　成《な》さい子《きよ》に　撓《しな》て　鳴《と》響《よ》ま
襲《おそ》い君《きみ》南《は》風《ゑ》や
弟《おと》金《かね》の真《ま》ころ
後《のち》良《よ》かる真《ま》ころ

『おもろさうし』十一巻所収。霊力豊かな君南風神女は、真男である領主様に、撓い調和して、名高くなっていくことよ。「鬼の」は超人的で勝れて立派なの意の美称辞。君南風は久米島の最高神女で、首里の聞得大君に直属している。初代君南風は、首里軍が八重山遠征の時（一五〇〇年）従軍し、呪力を発揮したことで名高い。「南風の君」の意に解されているが、「はゑ」は接尾敬称辞で、「君神女様」と解く。

（外）

苦瓜《にがうり》の棚を払ひて明々し
今朝は居ながら白雲を見る

山川里久郎

昭和五年十一月十八日『沖縄朝日新聞』に掲載された「晩秋の冷」の中の一首。苦瓜はツルレイシの別称。ウリ科の一年生蔓草。熱帯アジアの原産で畑に栽培。ゴーヤー。苦瓜の棚を取り払って見ると視界が開け、遠くに白い雲の浮かんでいるのも座って見えるようになったというのである。苦瓜は暑さバテを防ぐ食べ物として重宝されるが、その暑さも峠を越え、ほっと一息ついた一首。（仲）

山峡の芒《すすき》に落暉《らっき》あかあかと

淵本窓月

昭和十五年十一月十五日『琉球新報』に掲載された「琉球ホトトギス会」句集の中の一句。「常よりも今日の夕日の芒かな」（尾崎迷堂）について、皆吉爽雨は、芒原に毎日赤々ともえて落ちてゆく大きな夕日は落莫という感じをあたえるが「今日ただ今見る夕日は、ことのほか澄んであかあかと芒の上にかがやいていると感じ入っている」と解説している。芒と落日は、それぞれに合い重なって特別な美を織りなすようだ。（仲）

新垣《あらかき》に　おわる　真《ま》物　世《よ》の主《ぬし》の　真物《まもん》
初《よさ》の子《くわ》は　生《な》しよわちへ　初《はつ》の子《くわ》は　生《な》しよ
わちへ
十百人《ともゝそ》の戦《いくさ》　八百人《やもゝそ》の　戦《いくさ》

『おもろさうし』十一巻所収。新垣に居られる勝れた領主様が、初めての子供を生み給いて栄えていくことよ。千人の戦、八百人の戦でも恐れることはない。

新垣は久米島具志川村字西銘のこと。西銘は久米島で水田を作ってもっとも早く開かれた村だと伝えられている。アマミヤ、ミルヤから渡ってきた祖神が、村を選んで神降りをした場所が新垣である、とオモロ（二十一巻一三九四）も謡っている。（外）

あまみやみるや仁屋《にや》　まきよ　選《ゑら》です　降《お》れ
たれ　百末《もゝすへ》　手摩《てづ》られ
しねりやみるや仁屋《にや》　ふた　選《ゑら》です
新垣《あらかき》の庭《みや》に　まきよ　選《ゑら》です
大祖父《おきおふぢ》が庭《みや》に

『おもろさうし』二十一巻所収。大昔のミルヤ人が村を選んで神降りをして来られた。その村が新垣で祖神の庭なのだ。新垣は久米島具志川村西銘。久米島の村建てをした古い創世神話である。アマミヤもミルヤ（ニライ）も海の彼方の祖神の原郷であるが、ここでのアマミヤは大昔という意味の接頭敬称辞としてミルヤに冠されている。「まきよ」「ふた」は、古代の血縁集落である。（外）

赤錆《あかさび》の戦車の骸《むくろ》や芒《すすき》原

仲田芳滴

一九五一年一月一日発刊『月刊タイムス』第二十四号収載「みなみ吟社—働く者の芸術集団」句集の中の一句。擱坐して錆び付いている戦車は多分米軍のものであろうが、日本軍は、米軍戦車を撃破するため、弾薬箱を背負ってキャタピラの下にもぐり込んでいったという。陸における神風・人間魚雷といったものであった。そのような悲劇の痕跡も、芒に覆われていきつつあるというのである。往時ぼうぼうの思いが突き上げる。(仲)

月を背に行水使ふ宵涼し

與座嶺一郎

昭和十五年十月三日『琉球新報』に掲載された「晩夏立秋」十句の中の一句。行水は(一)潔斎のため清水で身体を洗い浄めること。(二)暑中などに、湯や水を入れたたらいに入って、身体の汗を流し去ることの意がある。古くは信仰と関わって行われていたようであるが、江戸時代以降市井の風俗として何処でも見られるようになり、文学の題材ともなったといわれる。月夜の行水はまさに文学的であるといえよう。(仲)

着物縫ふ糸のもつれが気になりて
独り居の夜胸さわぎする

とし子

一九四八年十月八日『うるま新報』「心音」欄に掲載された一首。「沖縄と八重山縁の糸はへて面影の立たば互に引かな」「秋のもみぢ葉の色よりも深くしなさけの糸や染めてたばうれ」「あがと渡海なかへ糸のかけられめ真艪押す風どにや糸さらめ」等々、「糸」はさまざまに人の心を託して歌われた。その糸がもつれたのである。独りいる夜の寂しさが不安を激しいものとした。（仲）

マモヤが肝や
色《いる》み変わり　生蛸《なまだこ》どやれば
北の海の　崖《ぱなた》から　下《さ》がり落《う》て無《にゃ》ん

宮古島保良・まむやがアヤグ

『南島歌謡大成　宮古篇』所収。マムヤは美女であったが故に不幸に死んだ。妻子ある男に言い寄られ、そして捨てられた。マムヤは、保良に美人は生まれるなと言い残して、悲しみの淵に身を投げた。悲しみの中で生と死の間を行き来するマムヤの心。晴れたかと思うとすぐに曇ってしまうその心。歌はそれを、マムヤの心は色がヌメヌメと変わる生蛸の様だから、北の海の崖から身を投げ、落ちてしまったよ、と歌った。（波）

新北風《みぃーにしぃ》ぬ吹《ふ》く夜《ゆー》や　かぬしゃま事《くとぅ》思《うむ》い
冷《ぴら》風《かじ》ぬ立つ程《ふどぅ》　思《うむ》いどぅ勝《まさ》る

八重山・トゥバラーマ

『とぅばらーま歌集』所収。新北風（ミーニシ）は、冬の季節風である北風の吹き初めをいう。十月の月が立つ頃から吹き、冬の訪れの前じらせとなる。この季節になると、陽光も和らぎ、宵のとばりが下りる頃の風は、人恋しささえ感じさせる。新北風の吹く夜は、愛しい貴方のことが思われます。肌重に冷たく感じられる風が吹くにつけ、貴方を慕わしく思う心は増して行きます。沖縄の季節の中の恋をうたった一首。（波）

あがと沖縄《うちな》とこがと八重山《ええま》と
肝《ちむ》のふれものや縁《ゐん》ば結《むす》で

詠み人しらず

『琉歌全集』所収。あんな遠い沖縄とこんなに離れた八重山と、心の狂いで縁を結んだが、いざ別れとなると悲しく辛い。島の娘と首里から派遣された在番奉行との縁結びが悲劇に変わる時の歌。名高い「親あんま」（臨時妻）の歌で、「しやうんがない節」で歌われる。満ち足りてしあわせだった日常の暗転に、心ふたがる思いであろう。「肝のふれもの」と表現する自嘲の中の悲しみは、限りなく深い。（外）

世《よ》寄《よ》せ君《きみ》の　神酒《みいき》寄《よ》ら家《や》　若《わか》い子《きよ》
若《わか》い子《きよ》が　見欲《みふ》しや
思《おも》ひ君《きみ》の　神酒《みいき》寄《よ》ら家《や》　若《わか》い子《きよ》
金《かな》福《ふく》の若《わか》い子《きよ》　具志《ぐし》川の若《わか》い子《きよ》

『おもろさうし』二十一巻所収。世寄せ君神女が守護する神酒豊かな家の勝れ人よ、その勝れ人が見たいことだ。福の満ちた具志川の勝れ人よ。久米島具志川の支配者を賛えるオモロ。支配者を敬称する「若い子」の「若」は、生理的な若さというより、支配、統治能力の勝れた立派なお方の意。敬称・美称辞である。神酒の寄り集まる家ということは、支配者の勝れぶりを象徴している。（外）

聞《きこ》ゑ精《せ》の君《きみ》が　思《おも》いの御肝《おきも》　通《と》ちへみおやせ
鳴響《とよ》む精《せ》の君《きみ》や
真東風《まこち》風《かず》　吹《ふ》けば　追手《おゑて》風《かず》　吹《ふ》けば
新垣《あらかき》のまきよに　十尋《いろ》杉《すぎ》寄《よ》らちへ

『おもろさうし』二十一巻所収。精の君神女が念じ続けている願いを神に取り次いで奉れ。その願いとは東風、追手風が吹いて、新垣の村に十尋もあるような杉を吹き寄せてくださいということです。

島社会にとって、海からの「寄り物」は待望の財産である。大きな家を建てたいときに、島にはない杉材を「寄り物」として待望する新垣村の衆望を担っての祈願であろう。（外）

勝連《かつれん》わ　何《なお》にぎや　譬《たと》ゑる
大和《やまと》の　鎌倉《かまくら》に譬《たと》ゑる
肝高《きむたか》は　何《なお》にぎや

『おもろさうし』十六巻所収。気高い勝連のすばらしさは、何処に譬えることができようか。偉大な大和の鎌倉に譬えよう。すぐれて立派なことだ。中世鎌倉の権勢の大きさを意識し、勝連の繁栄を鎌倉に譬えようとしているオモロの歴史意識に注目したい。北方との交易で富み栄えていた勝連の威勢を、大和の鎌倉に譬えつつ、内では、「島の浦に鳴響ませ」と讃え、近隣にその名をとどろかせている。（外）

勝連《かつれん》が　船遣《ふなや》れ
請《うけ》　与路《よろ》は　橋《はし》し遣《や》り
徳《とく》　永良部《ゑらぶ》　頼《たよ》り成《な》ちへ　みおやせ
ましふりが　船遣《ふなや》れ

『おもろさうし』十三巻所収。勝連の、マシフリの航海である。奄美の請島、与路島を橋がかりにし、徳之島、永良部島を身内のようにして心をつなげ、勝連の按司に御貢をさしあげよ。「頼り成ちへ」は、相手と心をつなげること。永良部、徳之島、請、与路に心をつなげることで「沖渡より上」、すなわち奄美大島諸島を足がかりにした北方大和への貿易路を開こうとしているオモロ。（外）

勝連《かつれん》しよさく思《も》い加那志《がなし》
おなり　ゑけり　ちよわい　愛《かな》しけさ

『おもろさうし』十六巻所収。勝連の貴人シヨサク思い様の所にオナリとヱケリが来給い、そのさまのいとおしいことよ。オナリは「お成り」で、神に成り変わることのできる方、という意味。ここでは妹と兄。「なりきよ」（成り子）「なりかわる」（成り変わる）という語がある。

『古事記』の「成る」という意味に共通し、久高島のナンチュ（成り子）に繋がる。イザイホーの別名はナンチュホーとよばれている。（外）

舜天王父待ち顔や冬の風

島紅石

昭和十三年三月十日『沖縄日報』に掲載された「副カラス会俳句(五)」句集二十句の中の一句。「舜天尊敦ト申奉ルハ、大日本人皇五十六代、清和天皇ノ孫、六孫王ヨリ七世ノ後胤、六條判官為義の八男、鎮西八郎為朝公ノ男子也」と『中山世鑑』にある。源為朝と大里按司の妹との間に生まれたといわれ、長じて浦添按司となり、のち舜天王統を開く。沖縄への船旅は、晩秋か冬の北風に乗ってやってきたのである。(仲)

久志間切や
金武山原から
青々と新北風はひろがるのです

国吉灰雨

大正十五年十二月十五日発行『南鵬』第二巻第一号収載「風景短章」と題された一首。名護や恩納からではなく久志や金武からである。ニシ側からではなくアガリ側からなのである。そしてそれは、吹いてくるのでは決してない。青い色してヒロガッテくるのである。ミーニシが吹き始めると、ふっと口をついて出てくる歌である。灰雨は真哲の雅号。（仲）

聞《きこ》ゑ精《せ》の君《きみ》が
飽《あ》かん真《ま》物　見《み》ちやる
島《しま》世《よ》揃《そろ》ゑて　みおやせ
鳴《と》響《よ》む　精《せ》の君《きみ》が

『おもろさうし』二十一巻所収。名高い精の君神女が立派な真物を見たことがなんとすばらしいことよ。世の中の心を揃えて奉れ。

「精の君」は高級神女で、首里の精の君と久米島の精の君がいる。ここの精の君は久米島伊敷索グスクの神女。

「真物」は勝れた者、超人的な者をさすが、「君真物」は神。神または神と同格に近い勝れ者を敬称して「まもの」という。英雄「かさす若てだ」を「真物若てだ」ともいう。（外）

聞得《きこゑ》大君《ぎみ》ぎや　斎場嶽《さやはたけ》　降《お》れわちへ
うら〱と　御《お》想《さう》ぜ様《や》に　ちよわれ
鳴《と》響《よ》む精《せ》高《だか》子《こ》が　寄《よ》り満《み》ちへは　降《お》れわちへ

『おもろさうし』二十二巻所収。聞得大君が、斎場嶽に、寄り満ちへ拝所に降り給いてお祈りをし給うたからには、国王様はお心安らかにおもちになってましませ。このオモロは、聞得大君が国家的儀礼を行なうために知念久高に行幸された時のおもろという前書きがあり、斎場嶽で謡われている。重複オモロ（一巻三四）では歌形がもっと長く、戦勝予祝のためのオモロのようである。（外）

聞得大君《きこゑぎみ》ぎや
知念杜《ちねんもり》ぐすく　掛《か》けて　栄《ふさ》よわちへ
神座《かぐら》　在《あ》つる　雲子石《くもこいし》　手摩《てづ》て　おぎやか思《も》
いに　みおやせ

『おもろさうし』二十二巻所収。聞得大君が知念杜グスクに心を掛けて知念杜は栄え給うことだ。カグラ（聖域）にある立派な霊石を拝み、その霊石のもつ霊力を尚真王様に奉れ。このオモロも、聞得大君が知念久高に行幸された時のもので、道行きの知念大川での儀礼で謡われたもの。カグラはオボツ・カグラとよばれる天上世界で、その聖域の最高神は太陽神である。カグラの太陽神は地上の国王につながりをもつ。（外）

糠《ぬか》雨に色濃く浮み芋の花

大見雅春

一九五一年一月一日発刊『月刊タイムス』第二十四号所収「みなみ吟社―働く者の芸術集団」句集の中の一句。糠雨は、ごく細かく降る雨。芋は甘藷。甘藷の花は、「葉脈から出た花柄に数個ずつつき、淡紫色のアサガオ形で、沖縄では一〇月〜一二月に開花結実」するという。沖縄の俳句歳時記類をみると甘藷の花は秋の季語。細かく降る雨に甘藷の花の色が一段と鮮やかさをましたというので、豊作祈願を込めた句である。(仲)

首里《しょり》　おわる　てだこが
接《は》ぢやの細工《さいく》　集《あと》ゑて　羽撃《はねう》ちする小《こ》隼《はいぶさ》　孵《すだ》ちへ
ぐすく　おわる　てだこが

『おもろさうし』二十二巻所収。首里城内にまします国王様が、船はぎの細工人を集めて、羽ばたきをする隼のように俊敏な船を造って交易をし、栄え給うことだ。

交易立国をした琉球王国にとって造船技術をもつ船大工たちを集め、育てることは難事だったであろう。ただしこのオモロの船は「小隼」で規模の小さな船のようである。「はぢやの細工」は船はぎ大工の意。板を継いで合わす船である。（外）

穂《ほ》芒《すすき》の空高く舞う鷹《たか》のあり

安仁屋東石

一九五一年一月一日発刊『月刊タイムス』第二十四号所収『みなみ吟社―働く者の芸術集団』句集の中の一句。沖縄の島々には、南下しないで滞在する越冬サシバもみられるというが、この空高く舞っている鷹は、一羽で迷い鷹・はぐれ鷹・ゆらり鷹ともいうとある。傷も癒えて元気になった落鷹とみた。全山真っ白の穂芒、その上空は真っ青の秋空、そこに一点の鷹、天の高みで全てを領有して翔ぶ姿を時として人は夢見る。（仲）

聞《きこ》ゑ君加那志《きみがなし》
根石《ねいし》　真石《まいし》の　有《あ》らぎやめ　ちよわれ
鳴響《とよ》む君加那志《きみがなし》

『おもろさうし』二十二巻所収。名高く聞こえている君加那志がお祈りをし給うたからには、国王様は根石真石が土にしっかり根を据えているように、末長く栄えてましませ。

万暦二十五年（一五九七）に建立された「浦添城の前の碑（おもての文）」にも「首里てだがすゑあんじおそひかなし　天のねいしまいしのやに　いつまでも御ちよわいめしよわる」とある。尚寧王の時大平橋を架橋した祝いの願文だが、このオモロも「祝ひの時」に謡われている。（外）

笹啼の来鳴く日をひとり居る

嶺光

一九五〇年一月一日発行『月刊タイムス』第十二号所収「冬」七句の中の一句。「鶯の囀りがホーホケキョであることは誰でも知っているが、秋、冬はチャッ、チャッという地鳴きしかできない。鶯の場合、笹原などに多い鳥なので、特に笹鳴と呼んでいる」（小林清之介）という。カチヌミーヌコッコングワー（藪の中の笹鳴きする頃の鶯）が鳴くのを聞いていると、独りでいることがやけに意識されるというのである。（仲）

石原《いしやら》たうぐすく　良《ゆ》かるたうぐすく
神《かみ》てだの　守《まぶ》りゆわるぐすく
石原《いしやら》世《よ》の主《ぬし》の　げらへたる御ぐすく
軍《いくさ》　寄《よ》せるまじ　敵《かたき》　寄《よ》せるまじ

『おもろさうし』二十巻所収。石原グシクは平地にある立派なグシクである。石原の領主が造られたグシクで、太陽神が守り給うグシクである。立派なそのグシクに敵の軍勢を寄せてはなるまい。

摩文仁の伊原に石原城跡があるが近くに伊原遺跡、カニマン御嶽があり、考古学的出土状況からも、交易をし、稲作もしていたらしい栄えぶりがうかがえる。「たう」は平地。（外）

正忠逝き仲村渠ゆき重民ゆき
移りゆく世にわれら淋しも

西幸夫

一九五四年一月十七日『沖縄日報』に掲載された「九年母—西幸夫遺作集（六）」「神葬列」七首の中の一首。正忠は歌人・小説家で四九年十一月没、仲村渠は詩人で五一年十二月没、重民は政治家で那覇市長在任中の五二年二月没。各々の分野を代表する知人らが、三、四年の間に次々と亡くなっていった。とりわけ西と正忠とは一年違いで、彼の死はひとごとではなかったはずである。（仲）

ＨＢＴややせま苦し死ぬ時は雪の絽の羽衣と正忠のいう

宮里こう司

一九五〇年二月一日発行『月刊タイムス』収載「和敬清寂」四首の中の一首。ＨＢＴはアメリカの軍服。Herring Blouse and Trouser の略称。敗戦後、沖縄の住民は米軍から放出されたそれを仕立て直して着けたのだが、死ぬ時は狭苦しい仕立て直しの服を脱いで、ゆったりとした着物を着たいものだと正忠は言ったというのである。山城正忠が死んだのは四九年十一月二十二日である。（仲）

二期作は野鼠に荒され穫るなしと
語るともはマラリヤに痩す

泊三男

一九四七年五月十六日『うるま新報』「心音」欄に掲載された一首。マラリアは「ハマダラカの媒介するマラリア原虫の血球内寄生による伝染病」である。フーキ・八重山ヤキー。戦時中の人口流動・生活環境の激変によって爆発的に広がり、戦後も、外地引揚げ者による人口増加等で蔓延、多くの犠牲者をだした。伝染病の蔓延、害虫による農作物の荒廃、それもまた敗戦の戦果だった。（仲）

波比良《はひら》　在《あ》つる御腰《みこし》　根国《ねくに》　在《あ》つる剣《つるぎ》
世襲《よそ》いの御腰《みこし》　ゐ　真玉《まだま》ど　照《て》り居《よ》る
福地《ふくじ》　在《あ》つる御腰《みこし》　根国《ねくに》　在《あ》つる剣《つるぎ》

『おもろさうし』二十巻所収。波比良、福地の根国に在る刀は世を支配する立派な刀で、玉のように光り輝いていることだ。刀をほめることで波比良の土地ぼめになっている。

波比良は現在の糸満市南波平。波平は糸満でも読谷でもハンジャと呼ばれている。その語源はカンジャ（鍛冶）であろう。鹿児島市谷山波之平の地に栄えた薩摩刀の系を波平と呼んでいるが、その波平の名の伝わりと鍛冶とのかかわりと考える。（外）

思《おも》ひ君《きみ》が　こがね門に　およどしやうちい
成《な》さ清《きよ》らや　い請《ちょ》ゑど　待《ま》ちよる

久米島・ウムイ

『南島歌謡大成　沖縄篇』所収。「思ひ君」は神女の美称。「およど」は御淀で、お留まりになる、の意。思い君様は黄金門にお留まりになって、我が父なる按司様のご招待をお待ちになっていらっしゃるのです。神祭りの場へ発とうとする神女の姿が彷彿とする一言。神女のいでたちについては何も触れられていない。しかし、その聖なる輝きは、彼女のたたずむ門が「こがね門」と讃えられていることからも伝わってくる。（波）

夜雨の　ふるとし　世果報年でもの
稲粟ん　なをらし　麦豆ん　みげらし

八重山・夜雨節

『南島歌謡大成　八重山篇』所収。「夜雨」は、語義が、夜降る雨か、ユドゥン（梅雨）の頃の雨かで、近時議論されている語。今は前者で考えて、夜の雨が降る年は豊年の年よ。稲も粟も豊かに実らせ、麦や豆も実らせ、と解する。本歌はもと波照間島の歌。波照間島は典型的なヌングンジマ（畑島）で、稲作には不適の地。しかし、この地でも稲の豊作をうたうことは必須なことであった。（波）

汝《つヴぁー》　見《み》ーや　かなしゃがま
出《い》でぃんがたやまい　出《い》でぃすいしゃくよー
すいんが意《い》地《ジ》まい　出でぃすいしゃく
染《す》まりゃがまよ

池間島・タウガニアーグ

『南島歌謡大成　宮古篇』所収。「かなしゃがま」は沖縄方言のカナシーグァーにあたる。「たや」は力。愛しい人よ、お前に会ってからは、これ迄は出なかった力も出てくるようだよ。俺には無いと思っていた意地までが湧いてくるようだよ、可愛いお前よ、がその意。愛するものを守るため、あるいは夢そのもののため、人は強くなるものという。そのことを端的にうたい上げた一首。（波）

術なけむ所詮ひとりの秋の風
浅夜の霧に乳房冷えたり

永島栄子

昭和十三年三月二十六日『琉球新報』に掲載された「歌に寄す」二十二首の中の一首。術はすべき方法、てだて。所詮は、結局。浅夜はざんやと読み夜明け方の意。西行は「おしなべて物を思はぬ人にさへ心をつくる秋の初風」と歌ったが、秋風は物を思わない人にも人恋しい気持ちを起こさせる。発句に付句をした形の短歌。術のない思い、しんしんと凍る体、二つをそのままに投げ出した。（仲）

落鷹のこえのわびしき朝露に
つつましくいて茶を喫うてをり

西幸夫

一九五四年十一月十三日『沖縄日報』に掲載された「九年母―西幸夫遺作集（二）」の「朝露」と題された一首。負傷して群れからはずれた鷹をさして落鷹と呼ぶという。「落鷹の声して御嶽闇濃くす」（神元翠峰）、「落鷹の一声鳴けり烽火台」（正木礁湖）、「落鷹の一声高く島昏るる」（徳山寛盛）等々、落鷹はよく声でもって歌われる。その鋭い声が、孤独感を一際深めたのである。（仲）

阿嘉《あか》の子《こ》が　饒波《ねは》の子《こ》が
百《もも》ぢやらの群《ぶ》れ思《おも》ひてだ
大里《ざと》は　里《さと》から　かでし川《がわ》　水《みづ》からる

『おもろさうし』二十巻所収。アカノコ・ネハノコがオモロを申しあげたからには、多くの按司達に敬慕されている大里の按司はますます栄え給うことだ。大里は村からぞ、かでし井泉は水からぞ栄え給う地である。アカノコは読谷村の出身でアカインコとも呼ばれ、オモロ歌唱の名人であるだけでなく、歌と三線の創始者とも伝えられている。村の繁栄を寿ぎ、嘉例のためのお祝付けをして国中を歴訪している。（外）

聞得大君《きこゑぎみ》ぎや　赤《あけ》の鎧《よろい》　召《め》しよわちへ
刀《かたな》うちい　大国《ぢやくに》　鳴響《とよ》みよわれ
鳴響《とよ》む精高子《せだかこ》が
月代《しろ》は　さだけて　物知《し》りは　さだけて

『おもろさうし』一巻所収。聞得大君が美しい鎧を身につけ、刀を佩いているさまは凛々しい。国中に名高くとどろき給え。月代や物知りを先導にして。鎧や刀を身につけて神願いに出かける聞得大君の威容が想像できる。戦勝予祝（奄美征討）のための国家的儀礼に赴く姿であろう。月代神女、物知り覡《とき》を先触れにしている様は、『古事記』の猿田彦の先導ぶりを思わせる。（外）

あきすらーえ　年寄《とうしゅ》やーや　清《ちゅ》らさやー
にらやから　上《あ》がてぃ参《めー》る　まざばにーとぅ
例《たとぅ》われてぃ　清《ちゅ》らさやー

久高島・ティルル

『南島歌謡大成　沖縄篇』所収。祭礼の時、長老連へお神酒を捧げる時にうたう神歌。アキスラーエー、お年寄り方の美しさよ。ニライから上がっていらっしゃるマザバニーのようで、美しいことよ、がその意。「まざばにー」の意は不明だが、海の彼方の理想郷ニライカナイから到来する神聖なるものであることは間違いない。村のお年寄りがその神聖なものと似て、美しいというのである。（波）

あきすらーえ　若者《わかむな》ーや　清《ちゅ》らさやー
大和《やまとぅ》から　下《くどぅ》てぃ来《ちゅー》る　ういわーさーとぅ
例《たとぅ》われてぃ　清らさやー

久高島・ティルル

『南島歌謡大成　沖縄篇』所収。前ページの勧酒歌にたいする返し歌。アキスラーエー、若者の美しさよ。大和から下ってくるウイワーサーに譬えられて、美しいことよ、がその意。お神酒を勧められた長老がこのティルルを給仕役にうたい返さないと、お神酒は次席の人に回っていくという。給仕は客の長老を讃え、客は給仕の若者を讃える。美しい言葉の花の咲く「酒ほがいい」（酒を讃め、酒を乞う）の歌。（波）

夜のカバ屋秋のトランプ美しく

松田草花

一九四六年十二月二十七日『うるま新報』「心音」欄に掲載された「夜長」四句の中の一句。カバ屋は「米軍払下げのテントを利用してつくった家屋のこと」で、「ツウ・バイ・フォアの角材でワクをつくって簡単に組み立てられた」いわゆる規格住宅が建てられるまで、地べたに立てただけのそれで暮らした。トランプは、雨風を凌ぐだけのテントの下でも、唯一の娯楽として、秋の夜長を賑わわせているというのである。(仲)

阿旦葉の刺取りのぞく子供等の輪の中に入りて風車つくる

知念澄枝

一九五四年十月十三日『沖縄新聞』に掲載された「九年母」歌集の中の一首。阿旦はタコノキ科の葡萄性常緑小高木。葉は革質、辺縁と下面中筋上に鋭い刺葉がある。支柱根から繊維がとれ、葉は民具や帽子、敷物の材料、花序は追い込み用の漁具に利用されるといわれるように、生活用具を作るのに大切な資材であった。刺取りで親を手伝う子供等に遊び道具を作って見せたのである。(仲)

小蟹《こがに》捕りひねもす遊びし其浜は
埋地となりて今は跡なし

涙紅生

大正六年一月二十日『琉球新報』所載「琉球歌壇」に発表された二首の中の一首。ひねもすは、朝から夕まで、一日中、終日の意。一日中小蟹を捕って遊んだ浜辺も、埋め立てられてしまって、今ではその跡形もないというのである。大正六年頃には護岸工事や干拓事業等がすでに始まっていたのであろうか。消えてしまった浜辺を回想した一首であるが、その痛みが今では一層よくわかる。（仲）

蝶凍てて日は専横をきわめたり

遠藤石村

昭和二十九年十二月十日発行『おきなわ』第五巻第九号所収「蝶凍てて」十句の中の一句。凍蝶は「寒さで氷りついたように動かないふゆの蝶をいう。さわるとよろよろと舞いあがり、中には翅をふるわせるだけで舞う力を失った蝶もいるし、凍死したものもいる。あわれな感じである」という。専横はわがままで横暴な振舞い・態度の意。全てを凍えさせてしまう激しい寒さにすっぽり覆われてしまったというのである。（仲）

聞得《きこゑ》大君《ぎみ》ぎや　あまみや末《すへ》　降《お》れわちへ
世果報《がほう》せぢ　おぎやか思《も》いに　みおやせ
鳴響《とよ》む精高子《せだかこ》が　しねりや末《すへ》
たきより内の真剣《まつるぎ》　おぎやか思《も》いしゅ　差《さ》
しよわめ

『おもろさうし』十二巻所収。聞得大君がアマミヤ時代（大昔）から続いているこの国に降り給いて、世を幸福にする霊力を尚真王に奉れ。国にある最高の剣は、尚真王がふさわしく差し給わん。

真剣は、国を支配することのできる政治権力の象徴。尚真王の宝刀だった治金丸、千代金丸は現存している。「たきより」は大きい国の意。（外）

波照間ぬ　生《ま》り島ゆ　見上りば
我《ば》家《や》ぬ　母《あぶ》　産《な》しゃる親《うや》ぬ
まーむて　見るそんや

石垣島・崎山ユンタ

『南島歌謡大成　八重山篇』所収。崎山は、一七五五年、王府の政策で西表島の南西部に創建された村。この村建てのために波照間島から寄百姓としてシィマバギ（島分け）された人の数は二八〇。これらの人々の苦しみをうたったのが本歌。波照間の生まれ島を見上げると、まるで、懐かしい我が家の母さん、私を生んでくれた父さんのお顔を真正面から見るように思われます、がその意。（波）

木枯や異国の人が鴨を射つ

石原草香

一九五〇年十月一日発行『月刊タイムス』第二十一号所収「かもおどし」十一句の中の一句。「鴨もろく飛雪に遠く撃たれけり」(飯田蛇笏)「海に鴨発砲直前かも知れず」(山口誓子)「鴨うてばとみに匂ひぬ水辺草」(芝不器男)「鴨打ちの家の女房子を抱く」(高野素十)等々鴨を撃つ句が多く見られるように、鴨は「狩猟鳥としても第一位である」といわれる。食料の有り余っている国の人でも鴨を撃つのである。(仲)

妻子らのむく九年母の強き香よ
故里の秋もふかまりにけり

呉我春男

一九四九年二月十日発行『月刊タイムス』創刊号所収「故里の秋」四首の中の一首。クニブはオレンジ類の総称。カーブチー、オートーなどの種類があり、「クネンボは方言名のトークニブ（唐九年母）で唐から来たミカンの意」であるという。味がよく、強い香気を持っている。四季の変化の明確ではない沖縄でも九年母の香りだけは、そろそろ晩秋の候だということを知らせてくれる。（仲）

庭《にわ》に降《ふ》りつもる霰《あらり》しら玉《たま》や
明《あ》けて満作《まんさく》の歳《とうし》の姿《すいがた》

護得久朝惟

『琉歌全集』所収。庭に降り積もる霰の白玉は、明ける年の豊年満作の予兆であり、なんと喜ばしいことよ。雪や霰が降って冬の寒さが厳しいと豊年になるといういい伝えは、「豊年《とよとし》のしるしは、尺に満ちて降る雪」などのように、農耕社会の古俗であり、この琉歌も豊作であってほしいと願う願望がこめられていることほぎ歌である。パラパラッと音高く降ってきた白玉の霰をビンダレー（洗面器）に受けて狂喜した少年期が懐かしい。酷寒だった。（外）

雨欲《あみふ》さ　そーて　願《ねが》やびーる
雨《あみ》や　天《てぃん》から　降《ふ》い落《う》としゅー
穀《ここ》や　地《じー》から　湧《わ》しゃがゆさー

勝連村津堅・雨乞いの歌

『南島歌謡大成　沖縄篇』所収。雨が欲しくてこのようにお願いするのでございます。雨は天から降り落とすもの。穀物は地面から湧き上がってくるもの。どうぞ、雨を降らせて下さい。雨乞いは夏の行事だが、こう水不足がいわれると冬でも雨を乞いたくなる〔一九九三年十二月二十四日掲載当時〕。農業だけの生活ならそうでもなかったのだろうが、近代的な水大量消費型の社会のこの沖縄、冬にも水不足が起こるのである。（波）

人に倦み世に倦み落葉掃き溜む

遠藤石村

昭和二十九年十二月十日発行『おきなわ』第五巻第九号所収「蝶凍てて」十句の中の一句。倦むは、同じ状態が長く続いて、いやになる、あきること。昭和二十九年の年頭一般教書で米国大統領アイゼンハワーは「沖縄を無期限に管理する」と言明、その数日後オグデン民政副長官が「復帰運動は共産主義者を慰めるだけ」だと声明。世も人も、不安と不信に閉ざされ、占領を実感。落ち葉の季節が、厭世観を一際濃くした。（仲）

わが妻は我をののしりさげすめり
歌よまんより薪とりにゆけと

崎間麗中

一九四八年十一月十二日『うるま新報』「心音」欄に掲載された一首。「米の飯たらふく食べた夢を見てさめたる後の淋しい食卓」（四七年十月三日「郷土雑詠」）「五〇すぎてただ食ふ事と飲む外に能なき我となり果てにけり」（四八年二月十三日「偶感雑詠」）と歌った戦後期一連の自嘲の歌があったが、同期の一首である。妻の罵りや蔑みに耐えるには、さらに歌が必要であった。（仲）

わが売るはいくらもあらん大豆の値
五十五円と聞くが淋しさ

兼城弘

一九五一年十一月十一日『琉球新報』に掲載された「琉球歌壇」（西幸夫選）にとられた一首。『沖縄事始め・世相史事典』の五一年の項に「（昭和）二一年四月、沖縄民政府が発足、病院や診療所は民政府に移管され、医療従業者は公務員となり、医師が六百円、産婆二百円となったが、豆腐一丁が百円だから生活はくるしかった」とある。生産農家は大豆を作って豆腐が食えなかった。（仲）

夏《なち》や　行《い》き過《し》ぢゃい　冬《ふゆ》や　なて来《き》ゆい
無《に》蔵《ぞ》　居《う》らぬ　我《わ》身《み》や　ちんし　前《め》抱《だ》き

沖永良部島・あしび歌

『南島歌謡大成　奄美篇』所収。「ちんし」は膝。国語でもツブシという。「前抱き」は前にかかえること。夏ははや行き過ぎてしまって、冬になってきた。ああーあ、恋人のいない俺は膝小僧をさみしく抱くことだよ、がその意。冬の夜寒をひとりわびしくおくる男の嘆き節。実際をうたったものでもあるようだが、むしろ、恋の誘いとして娘たちに歌いかけられたものとみたほうがよい。民謡の民謡たる世界というべき。（波）

夏ぬ　水欲《ふ》しやよ　夜　なりば　忘《わす》りどしい
船《うに》ぬ親《や》ぬ　くとやよ　夜　なりば　まさり
どしい

石垣島・うにぬや

『南島歌謡大成　八重山篇』所収。「うにぬや」は船の親で、船頭の意。この歌、船頭と幼い頃から許婚であった女性の物語をうたう。水が欲しいと思う夏の渇きは、夜になれば忘れてしまうものです。しかし、愛しい船の親のことは、夜になるといよいよ勝ってくるのです、がその意。船頭に捨てられた彼女がその船頭のことを恋い慕っているのである。女性の情のこまやかさが強調された一句。（波）

貧しさに老ひまいらせし悲しさは
母の言葉のかくも荒めり

永久子

昭和四年九月一日『沖縄朝日新聞』に掲載された「嘆き」の中の一首。まいるは行く、来るに当たる語。母の言葉がこれほどまでに刺々しくなったのも、悲しいかな、楽しみも知らず、貧しさにうちひしがれて老いてしまったためであるというのである。母の言葉に傷つきながら、母のたどってきた不幸せな半生が、母から優しさを奪ってしまったのだと思う苦渋の思いを歌った一首である。（仲）

あな尊と捨身行脚の山の秋
行き暮れし道に月さしいでぬ

池宮城寂泡

昭和十五年十一月十七日『琉球新報』に掲載された「伊豆行脚抄」二十六首の中の一首。池宮城積宝は、いったいどのくらいの地を流れ歩いたのだろうか。「放浪記」と題した作品で北海道を歩き廻ったことは分かっていたが、何につき動かされて、これはまた伊豆の地を踏んだのであろうか。積宝も、芭蕉のように「旅に病んで夢は枯野をかけめぐる」と歌っておかしくない人であった。（仲）

いきやがなて行《い》きゆら果《は》てやしら波《なみ》に
ぬれてこぎ渡《わた》る恋《くぃ》の小《く》舟《ぶに》

仲尾次筑親雲上

『琉歌全集』所収。どうなっていくことやら果ては知らないが、白波に濡れて漕ぎ渡る恋の小舟である。乗った「小舟」の揺れは波風まかせなのだが、それにしても行く方はどうなることやら……。「しら波」には「知ら」と「白」が掛けられている。「いきやし渡ゆかや波風も立ちゆり　深海乗り出ちやる恋の小舟」（波風の荒い深海に乗り出してしまった恋の小舟だが、どうして渡ればよいのだろう）とも悩んでいる。（外）

穂《ふ》花《ばな》咲《さ》き出《でぃ》ればちりひぢもつかぬ
白《しら》ちやねやなびきあぶしまくら

赤犬子《あかいんく》

『琉歌全集』所収。稲の穂花が咲き出ると塵や泥もつかない。白種をはらんだ穂は風に靡いてあぜを枕にしているが、その豊作の姿のなんと美しいことよ。アカインコが稲穂の豊かな実りをめでて詠んだ歌。あるいは写実ではなく、そうあってほしいと願う願望を幻視的に重ねた予祝歌かもしれない。アカインコはオモロ歌唱者、琉歌と三線の創始者と伝えられているが、読谷村のアカヌクー原周辺に稲作や鍛冶技術などを伝えた文化英雄でもあったらしい。(外)

大国の　みろく　八重山に　いもふち
おかけぼし召《め》しやれ　島の　あるじ

八重山・弥勒節

『南島歌謡大成　八重山篇』所収。八重山で諸祝儀の最後に歌われる祝いの歌。この歌に続けて「やあらあよう」の大合唱で祝宴は幕を閉じる。大いなる豊饒をもたらすミルク神は、我が八重山においでになりました。ご領治も民の心と相応してお栄えください、我が島の主様、がその意。本来、島、村を統括する役人を讃美した内容であるが、今はその意識はない。ミルク神を迎え、豊饒を招き寄せた喜びを歌う一句である。（波）

あとがき　「ことば・咲い渡り」を終えて

波照間　永吉（名桜大学大学院教授）

「ことば・咲い渡り」は『沖縄タイムス』で一九九一年一月一日から連載が始まった。外間守善先生の〝あけもどろの花〟のオモロからであった。前年十一月頃か、沖縄タイムス社の応接室で、外間先生、仲程昌徳先生と編集を担当して下さった長元朝浩氏を囲んで企画の話し合いが持たれた。『朝日新聞』で大岡信氏の「折々の歌」が大きな反響を集めている頃である。琉球文学と沖縄近代文学の詩の華を集めて、その底に流れる沖縄人の心ねを尋ねてみようという企画だと受け止めた。連載の表題は、仲程先生の提案によるもので、いかにもこの企画に相応しいものとなった。

一九九〇年十二月三十日に社告が出、外間先生の「『ことば・咲い渡り』連載に当たって」が掲載された。外間先生らしい歯切れのいい御文でこの企画の狙いが述べられている。「ウチナーンチュの心が、ウタの中にどのように託され、表現されたか、文学という世界から覗いて」「ウチナーンチュの心を沖縄のことばに探る」と述べておられる。琉球文学の中からオモロと琉歌を外間先生が、近代詩歌を仲程先生が、そして琉球歌謡を私が、という分担である。

外間先生の意図を当時の私がどれだけ実現できたかは心許ないことではあるが、ともかく奄美・沖縄・宮古・八重山の、それこそ名も無き人々の心の歌を伝えられるようにしようとだけ思った。一ヶ月三十日として、四つの分野だから、毎月七回程度の担当である。歌の部分は二～三行、解説・鑑賞部分の字数は一六五字、都合二二〇字程度の原稿である。楽なはずであったが、これがどうして一筋縄にはいかない。第一に琉球の「歌謡」は一つの物語をもって謡われるから長いのである。しかも対語・対句による叙事的な詞句の展開であるから、一つの詞句を切り取っても意味的なまとまりを示すことはめったにない。宮古のトーガニーや八重山のトゥバラーマやシュンカニは苦しまなくていい。短詞形の叙情詩だからである。だからといってこればかりというわけにはいかない。なぜなら、宮古・八重山の歌謡の面白さは物語歌謡の中にある。これを捨てては何の意味もない。沖縄の神歌も同じである。オモロに通じる世界をどうにかして示したい。これらこそが琉球文学の一大特徴ではないか。そう考えると詞句の選択こそが一番の仕事である。毎回、毎回、『南島歌謡大成』四巻をひっくり返し、祖先達が創り出した美しい言葉、心の底からの声と向き合う作業を行った。そして、解説・鑑賞の部分では自分の素直な読みを書くことにした。

月の下旬に七、八回分の原稿を携えタイムス社の階段を上った。当時はまだ、ワープロなど使ってもなく、また、ファックスで送信することなどの無い時代である。私の所に特段の反響はなかったが、「読んでいるよ」という声をかけてもらうことはあった。しかし、一年の予定が二年になり、そして、三年に及んだ。これは外間先生も意外のことではなかっただろうか。私の詞句の選択もより難しくなった。そんなとき、詩人・思想家である大先輩のK氏が「波照間君は儲け役だね」と話しておられた、ということを耳にすることがあった。読者にとってオモロや琉歌に比べると、宮古・八重山そして奄美の歌の世界は初めてのものが多かったのだろう。この声に励まされ、生活の息吹を伝える宮古・八重山・奄美の人々の詩歌の華を拾い上げなくては、と思いを新たにして仕事を続けた。苦しくはあったが、今にしてみれば、いい勉強の時間でもあったのだ。こうして一九九四年四月十七日をもって「ことば・咲い渡り」は終わった。その後、思わぬ嬉しいことがあった。郷里・石垣のさる方が連載を三冊の手作りの本にして届けてくれたのである。美しい表紙をまとったこの本はどれだけ私を勇気づけてくれたことだろう。彼女のような熱心な読者があったのである。

ここで一つお許し願わなければならないことがある。作品の読みのためには、テキストに手を加えてはいけないことは、百も承知である。しかし、私が依拠した歌謡テキストは、近世から現代までの長い間にいろいろな人がそれぞれの思いをもって、自らの地域の歌を記録したものである。さまざまな表記がある。これを僅かなスペースで紹介しなければならないという難題が私にはあった。ここで考えたのが、ひらがなやカタカナで書かれた歌詞に漢字を当てることによって、その力を借りることができるのではないか、と思ったのである。例えば奄美の「かんつぃむぃ節」であるが、そのテキストの表記は「ゆぶぃがれぃあしだる／かんつぃむぃあぐぐわ／なしゃがよねなれぃば／ごしょがみちじ／みすでぃふりゅり」である。これを「昨夜がれぃ遊だる　かんつぃむぃ姉ぐぁ／明日が夜なれぃば　後生が道じ　御袖振りゅり」と改めた。本来の表記はルビの形で示し、「道」「振りゅ」などは当たり前の読み方で読んで貰うということで、これらはルビを割愛した。これで「解説」のスペースを語注だらけにすることを避けることができた筈である（今回の書籍化に際しても新たに漢字をあてた例が幾つかある）。また、以下のような改変を施した部分がある。①タイトルをわかりやすく換えたものがある（例：テキストのタイトル「五月、稲の穂祭火神の前に三日御祟（首里三平等）」を「首里・稲穂祭の時の火の神への三日オタカべ」と換えた類。タイトルについては今回、若干説明的な部分を補ったものもある）、②スペースの都合でハヤシを省略した（例：「石嶺《いしんみ》のあこー」の「しゅがなシ」は全節に繰り返されるハヤシであるがこれを省いた。「古見の浦」では「いつん　おふれ　語ら」を省略した類）。③スペースの関係で原歌詞の対句一行を省略した（例：宮古多良間島の「美しい正月《かぎ》」。今回、これを元に戻して省略した対句一行を復活してある）。これらは新聞連載時にお断りすることができず今日までそのままにしてきた。ご理解賜りたい。

今度の書籍化にあたって、外間先生がご執筆された部分については私の方で校正を担当した。特にオモロについては、先生はその後、『校注おもろさうし』上・下（二〇〇〇年、岩波書店）を出しておられる。お元気であられたなら手直しなさりたい部分もあったことであろう。しかし、これについては一九九一年一月〜一九九四年四月という時点での著述であり、それを尊重させて貰い、手を加えることは差し控えた。ただ、新聞の囲みスペースの中で、オモロの「一／又」記号による記載が不自然となっている部分がままあった。これについては、改行などを新たに施し、先生との共編著である『定本おもろさうし』の形式に整序した。琉歌については島袋盛敏・翁長俊郎『琉歌全集』（一九六八年、武蔵野書店）をテキストにしておられるので、これによって確認作業を行った。外間先生がお書きになった文章の内、まとまったもので未だ刊行されていなかったのは「ことば・咲い渡り」だけで、この度このような美しい形に書籍化出来て、心からうれしく思っている。

今回、ボーダーインクからこのような形にまとめてもらい本当に有り難いことと思っている。書籍化については、連載を担当された長元朝浩さんに何度か相談にのっていただいた。今回、ボーダーインクをご紹介いただき、このように実現することができたことについて、長元さんへ深く感謝している。そして、コロナ禍という困難な状況の中、本書の出版をお引き受けいただいたボーダーインク社長池宮紀子さん、編集を担当してくださった喜納えりかさんにも深い感謝の気持ちをお伝えしたい。有り難うございました。

二〇二〇年五月二一日

本巻によせて

広い深いもの　本巻によせて

宇田 智子

年や立ちかへて初春に向かて／みどりさしそへてさかるうれしや

最初のページを開いたら、明るくみずみずしいことばに迎えられた。琉歌は難しいと身構えていたのが一気にゆるんだ。

次は八重山の歌だ。ことばの意味を知らなくても音の響きから、わき上がる喜びが伝わってくる。「きゅうぬぴぃ」「くがにぴぃ」と口にしたくなる。

本書は沖縄タイムスに三年四か月にわたって連載された「ことば・咲い渡り」をまとめて編まれた。連載の始まった一九九一年一月の紙面を見たら、湾岸戦争の開戦を控えて緊迫した記事の下に、沖縄の古い歌が載っていた。文化面ではなく朝刊一面での連載だった。不安な情勢のなか、この欄でひと息ついた人も多かっただろう。

また、本巻十ページに〈復元首里城の慶賀に押し寄せたであろうことしの元旦を想像している〉という一文があるように、首里城正殿が復元されたのは九二年。九三年には大河ドラマ「琉球の風」が放映されるなど、県内外で沖縄文化への関心が高まった時期の連載だった。

三人の執筆者のうち、外間守善氏はおもろさうしと琉歌を紹介している。王や神女をたたえるオモロは、一見とっつきにくくてもことばの調子はおおらかで、くり返されるフレーズにだんだん親しみがわいてくる。黄金《くがに》、真玉《まだま》、雲子《くもこ》といった美しいことばが装身具のように歌を飾る。

琉歌は、恋愛や風景など個人の思いを詠んだものが多い。三線にのせて広く歌われたそうで、その過程で思いは普遍的なものに昇華されたように見える。八八八六音の韻律は七五調よりもゆったりして歌いやすそうだ。

波照間永吉氏の担当する歌謡では、作者名のかわりに島の名前が書かれている。島によってことばが違い、独特なリズムは唱和する人々の声や動きを想像させる。豊穣や健康を祈り、恋を歌い、目にごみが入ったときや物を探すときは呪文を唱えるなど、生活のあらゆる場面に歌があったようだ。

引用元の『南島歌謡大成』全五巻は、外間氏らが島々をまわって聞きとった歌を多数採録している。地道なフィールドワークがなければ消えてしまったかもしれない歌だ。一七〇九年の首里城火災で原本を焼失したというおもろさうしも、手書きの写本を残してくれた人たちのおかげで、今なお読むことができる。沖縄戦で古い本のほとんどを失った沖縄で、歌がこんなにも豊かに受けつがれているのは、先人たちの強い意志があったからこそだ。

本書の中で、近代詩歌だけは五七調か七五調で書かれている。仲程昌徳氏は大正から敗戦直後までの新聞と雑誌から歌を集めた。忘れかけられた歌を記録にとどめたという点で、『南島歌謡大成』の近代版といえるかもしれない。

著者名と刊行年月日まで明らかな歌は時代を色濃く反映しており、背景を知らなければ読み誤ってしまうものも多い。戦争や貧困を詠んだ歌、季節の歌、ユーモラスな歌。多彩でありながら、琉歌や歌謡に比べてどこか孤独な感じを受けるのは、短歌や俳句は声に出して歌われないからだろうか。

本書はほぼ連載順に配列されたそうで、通して読むと一年の移り変わりを感じられる。春夏秋冬のあいまいな沖縄でも、行事や草花が時季を教えてくれる。特に印象的なのは風だ。「春風《はるかじ》」「浦白《うらしろ》」「たい風」「新北風《みーにしぃ》」「冷風《ぴらかじ》」「木枯」……風が吹くとあなたの香りが混じってくると詠む恋人がいれば、夫の航海安全を祈って「風願い」をする妻がいる。風は人の思いをのせて吹く。

私は沖縄で本を売る仕事をしながら、『南島歌謡大成』や『琉歌全集』は本の重さと文字の小ささを言い訳に、函から出すこともめったになかった。本書でようやく沖縄の歌に触れて、もっと早く読んでおけばと反省している。

歌は、歴史や行事、知恵や祈りといった、ここに暮らす人たちが引き継いできたものの宝庫である。外から沖縄に移り住んだ私は、歌のおかげでこれまで見過ごしていたものをかいま見ることができた。いまも使われていることばの昔の姿を知って、ふだんの生活に奥行きが生まれた。

柳宗悦は、沖縄の和歌について〈歌が個人からではなく何かもっと広い深いものから生れてくるのです〉（「琉球の富」）と書いた。本書にはその〈広い深いもの〉がすみずみまで満ちていて、読むほどに呼吸がらくになる。自己主張ばかり強いことばや、使い捨てられることばに疲れた人に、ぜひ読んでほしい。


（うだ・ともこ　「市場の古本屋ウララ」店主）

外間《ほかま》　守善《しゅぜん》
一九二四年那覇市生まれ。沖縄学・言語学・琉球文学研究などの第一人者。法政大学沖縄文化研究所長を歴任。『おもろさうし』辞典編纂など業績多数。法政大学名誉教授。二〇一二年没。

仲程《なかほど》　昌徳《まさのり》
一九四三年テニアン島生まれ。近現代沖縄文学研究者。『沖縄文学の一〇〇年』ほか著書多数。元琉球大学教授。

波照間《はてるま》　永吉《えいきち》
一九五〇年石垣市生まれ。『おもろさうし』『琉球国由来記』など琉球文学・民俗文化の研究。現在、名桜大学大学院教授。

『沖縄　ことば咲い渡り』さくら・あお・みどりの全三巻を同時刊行いたしました。各巻とも好評発売中です。

沖縄《おきなわ》　ことば咲《さ》い渡《わた》り　みどり

初　版　二〇二〇年七月七日発行
著　者　外間守善　仲程昌徳　波照間永吉
発行者　池宮紀子
発行所　（有）ボーダーインク
〒九〇二—〇〇七六
沖縄県那覇市与儀二二六—三
電　話〇九八（八三五）二七七七
ＦＡＸ〇九八（八三五）二八四〇
印　刷　株式会社　東洋企画印刷